Vor dem Altar der Liebe

Khalil Gibran

Vor dem Altar der Liebe

Übersetzt von
Hans Christian Meiser

Lotos

Lotos Verlag
Lotos ist ein Verlag des Verlagshauses
Ullstein Heyne List GmbH & Co. KG

ISBN 3-7787-8146-4

Einbandgestaltung: Hilden Design, München – Andrea Barth,
unter Verwendung einer Illustration aus dem Eigenarchiv
Hilden Design von Johannes Wiebel
Gesetzt aus der Garamond Book und Braganza bei
Franzis print & media GmbH, München
Druck und Bindung: Pustet, Regensburg

Vorwort

Ich war achtzehn Jahre alt, als mir die Liebe mit ihren Zauberstrahlen zum ersten Mal die Augen öffnete und mit feurigen Fingern meine Seele berührte. Die Frau, die durch ihre Schönheit meinen Geist erweckte, war Selma Karamy, und sie führte mich in die Gefilde wunderbarster Empfindungen, wo die Tage wie Träume vorüberziehen und die Nächte wie Hochzeitsfeste.

Selma Karamy war diejenige, die mich aufgrund ihrer Schönheit lehrte, alles Schöne zu verehren. Sie enthüllte mir durch ihre Zuneigung das Geheimnis der Liebe, und sie war es auch, von der ich das Lied des Lebens zum ersten Mal vernahm. Wohl jeder Jüngling erinnert sich an seine erste Liebe und versucht, sich in jene wunderbare Zeit zurückzuversetzen, in jene Tage, die seine innersten Empfindungen veränderten und ihn trotz ihres bitteren Zaubers so sehr beglückten. Im Leben eines jeden jungen Mannes gibt es eine »Selma«, die völlig unerwartet im Frühling seines Lebens erscheint, seine Einsamkeit in Stunden der Glückseligkeit verwandelt und die Stille seiner Nächte mit Musik erfüllt.

Ich war damals durch eine Fülle von Gedanken und Betrachtungen sehr in Anspruch genommen, versuchte den Sinn der Natur zu verstehen und die aus Büchern und Schriften gewonnenen Erkenntnisse zu verarbeiten, als durch Selmas Lippen plötzlich die Liebe zu mir sprach. Ich hatte wie in tiefer Bewusstlosigkeit gelebt und war einsam wie Adam im Paradies, als plötzlich Selma wie eine Lichtsäule vor mir stand. Sie wurde zur Eva meines Herzens, erfüllte es mit Geheimnissen und Wundern und lehrte mich, die Bedeutung des Lebens zu begreifen. Doch während die erste Eva infolge ihres Eigensinns Adam aus dem Paradies vertrieb, ließ Selma mich durch ihre Güte und Zuneigung ins Paradies der reinen Liebe und Tugend eintreten. Aber auch mir geschah, was dem ersten Manne widerfuhr: Wie das feurige Schwert, das Adam aus dem Garten Eden wies, war auch jenes, dessen glänzende Schneide mich in Angst und Schrecken versetzte und aus dem Paradies meiner Liebe vertrieb, ohne dass ich ein Gebot verletzt oder die Frucht des verbotenen Baumes gekostet hatte.

Heute, nach so vielen Jahren, sind mir von jenem schönen Traum nur noch schmerzhafte Erinnerungen geblieben. Sie umflattern mich wie unsichtbare Flügel, erfüllen mich mit tiefer Trauer und treiben mir die Tränen in die Augen. Meine schöne, geliebte Selma ist tot, und nur mein gebrochenes Herz und ein von Zypressen beschattetes Grab künden noch von ihr. Dieses Grab und dieses Herz sind alles, was blieb, um das Gedenken an Selma wachzuhalten.

Das Schweigen, das über den Gräbern liegt, gibt nichts preis von dem göttlichen Geheimnis in der Dunkelheit eines Sarges; und das Rauschen der Bäume, deren Wurzeln die Körpersäfte aufsaugen, bringt ebenfalls keine Kunde aus der Tiefe eines Grabes. Allein die Seufzer meines gepeinigten Herzens werden dieses Drama von Liebe, Schönheit und Tod den Lebenden zur Kenntnis bringen.

Liebe Jugendfreunde aus Beirut, wenn ihr am Friedhof in der Nähe des Pinienwaldes vorbeikommt, tretet schweigend ein und geht langsamen Schritts, damit ihr die Ruhe der Toten nicht stört. Haltet bei Selmas Grab in Ehrfurcht an, und verneigt euch vor der Erde, die ihren Körper umschlossen hält.

Nennt seufzend meinen Namen und sprecht: »Hier liegen begraben alle Hoffnungen von Gibran, der als Gefangener seiner Liebe jenseits des Meeres lebt. An diesem Ort verließ ihn das Glück, hier flossen seine Tränen, und sein Lächeln verschwand. An diesem Grabe wächst Gibrans Trauer mit den Zypressen, und jede Nacht schwebt sein Geist über Selmas Grab. Im Verein mit den Bäumen klagt er um Selma, die gestern noch eine wunderschöne Melodie auf den Lippen des Lebens war und heute als schweigendes Geheimnis tief unten in der Erde ruht.«

Gefährten meiner Jugend! Im Namen eurer Geliebten bitte ich euch: Legt einen Blütenkranz auf das verlassene Grab meiner Liebe. Die Blumen, mit denen ihr Selmas Ruhestätte schmückt, werden wie Tautropfen sein, die aus den Augen der Morgendämmerung auf die Blätter einer welken Rose fallen.

Stumme Trauer

Meine Freunde, ihr denkt gewiss gerne an die frühen Tage eurer Jugendzeit zurück und beklagt ihre kurze Dauer. Ich aber erinnere mich daran wie ein Gefangener, der die Riegel und Fesseln seines Kerkers nicht vergessen kann. Ihr nennt die Jahre zwischen Kindheit und Jugend ein goldenes Zeitalter, das keine Einschränkungen und keine Sorgen kennt. Jedoch ich betrachte diesen Lebensabschnitt als eine Zeit der stummen Trauer, die wie eine Saat in mein Herz fiel, darin emporwuchs und keinen Weg hinausfand in die Welt der Erfahrung und des Wissens. Erst die Liebe öffnete mein Herz und leuchtete in all seine Winkel; und sie löste meine Zunge und meine Tränen.

Ihr ruft auch gerne die Erinnerung an jene Gärten, Winkel und Plätze zurück, die euer unbeschwertes Treiben beobachteten und euer unschuldiges Geflüster vernahmen. Auch ich entsinne mich an einen wunderschönen Ort im nördlichen Libanon. Sobald ich meine Augen schließe, erblicke ich Täler von zauberhafter Schönheit und schneebedeckter Berge, die bis in den Himmel zu ragen scheinen. Jedes Mal, wenn ich meine Ohren vom Lärm der Stadt abwende, höre ich das Murmeln der Bäche und das Rascheln der Blätter an den Bäumen. All diese wunderbaren Dinge, von denen ich jetzt rede und nach denen ich mich sehne wie ein Kind nach der Mutterbrust, quälten damals meinen Geist, der in der Finsternis der Jugend gefangen war und ebenso litt wie ein Falke, der im Käfig sitzt und eine Schar Vögel am grenzenlosen Horizont fliegen sieht. Jene Täler und Höhen entflammten meine Phantasie, aber trübe Gedanken legten gleichzeitig ein Netz der Hoffnungslosigkeit um mein Herz. Wenn ich einen Spaziergang in die Umgebung unternahm, kehrte ich jedes Mal enttäuscht zurück, konnte aber keinen Grund für meine Enttäuschung nennen. Ich spürte, wie sich mein Herz zusammenkrampfte, wenn ich in den trüben Himmel blickte; und wenn ich dem Gesang der Vögel und dem Gemurmel der Quellen lauschte, erlitt die Qualen, deren Ursache ich nicht kannte. – Es heißt, Unsicherheit mache einen Menschen leer, und diese Leere ziehe Unbekümmertheit nach sich. Das mag für diejenigen gelten, die schon tot geboren wurden und wie kalte Leichen leben. Jedoch ein junger Mensch mit starken Gefühlen, aber geringer Erfahrung, ist das unglücklichste Wesen unter der Sonne, denn er wird von zwei Gewalten hin- und hergerissen. Die eine hebt ihn hoch empor und zeigt ihm durch einen Nebel von Träumen die Schönheit des Daseins; die zweite zwingt ihn wieder auf die Erde hinab, streut ihm Sand in die Augen und überwältigt ihn mit dunklen Ängsten. Die Einsamkeit hat seidenweiche Hände, doch mit harten Fingern packt sie das Herz und bereitet ihm schmerzliche Trauer. Sie ist die Verbündete der Trauer und die Begleitung zu geistiger Entrücktheit.

Die Seele des Jünglings, die an Züchtigungen der Trauer ausgesetzt ist, gleicht einer weißen Lilie, die sich gerade entfaltet. Im Winde zitternd, öffnet sie im Morgengrauen ihr Herz und schließt ihre Blüten wieder beim Einbruch der Nacht. Hat so ein junger Mann keinerlei Ablenkung und besitzt weder Freunde noch Kameraden, wird sein Leben wie ein enger Kerker sein, in dem er nur Spinnengewebe entdeckt und das Krabbeln der Insekten hört.

Diese Trauer, von der ich während meiner Jugendzeit befallen war, entstand nicht durch fehlende Vergnügungen; die hätte ich zur Genüge haben können. Sie wurde auch nicht durch den Mangel an Freunden verursacht; solche hätte ich leicht gefunden. Diese Trauer stammte von einem innerlichen Leiden, das mich die Einsamkeit lieben ließ und jede Neigung für Spiele und Unterhaltung in mir erstickte. Sie nahm die Flügel der Jugend von meinen Schultern, so dass ich einem Bergsee glich, der auf seiner glatten, ruhigen Oberfläche die Schatten von Gestalten und die Farben von Wolken und Bäumen widerspiegelt, aber keinen Auslass findet, um als singender Fluss das Meer zu erreichen.

Auf diese Weise verlief mein Leben, bis ich achtzehn Jahre alt wurde. Dieses Jahr bedeutet einen Höhepunkt in meinem Dasein, denn damals erwachte mein Verstand, und ich begann die Wechselfälle des Lebens zu begreifen. In diesem Jahr wurde ich zum zweiten Mal geboren. Wenn ein Mensch nicht wiedergeboren wird, bleibt er ein unbeschriebenes Blatt im Buch des Lebens. Damals erblickte ich die Engel des Himmels, die mich durch die Augen einer schönen Frau anschauten. Ich sah aber auch die Teufel der Hölle, die im Herzen eines lasterhaften Mannes wüteten. Wer nicht in der Schönheit des Lebens den Engeln und in der Widerwärtigkeit des Daseins Teufeln begegnete, ist von der Erkenntnis weit entfernt, und seine Seele wird leer und empfindungslos bleiben.

Die Hand des Schicksals

Den Frühling dieses unvergesslichen Jahres verbrachte ich in Beirut. In den Gärten blühten die Blumen, und die Erde war mit einem grünen Grasteppich bedeckt. Es schien, als hätte sie dem Himmel ihr ganzes Geheimnis enthüllt. Die Orangen- und Apfelbäume in ihren duftenden weißen Blütenkleidern sahen aus wie Bräute, die von der Natur gesandt waren, um die Dichter in Begeisterung zu versetzen und ihre Phantasie zu beflügeln. Der Frühling ist überall schön, am schönsten aber ist er im Libanon. Er ist ein Geist, der rund um die Erde streift, über dem Libanon aber anhält, um mit Königen und Propheten zu reden und mit den Heiligen Zedern die Erinnerung an eine ruhmreiche Vergangenheit heraufzubeschwören. Frei vom Schmutz des Winters und vom Staub des Sommers gleicht Beirut im Frühling einer Braut oder einer Wasserjungfrau, die am Ufer eines Baches sitzt, um in den Strahlen der Sonne ihre glatte Haut zu trocknen.

An einem Tag im April besuchte ich einen Freund in seinem Haus am Rande der Stadt. Während wir uns unterhielten, trat ein vornehmer Mann von etwa 65 Jahren ein. Mein Freund stellte ihn als Herrn Farris Karamy vor und nannte ihm auch meinen Namen. Der Besucher warf einen Blick auf mich und berührte mit den Fingerspitzen seine Stirn, als versuchte er, sich zu erinnern. Sodann trat er mit freundlichem Lächeln auf mich zu und sagte: »Du bist der Sohn eines sehr guten Freundes; ich bin glücklich, ihn in dir wiederzusehen!«

Ich war über seine Worte sehr erfreut und fühlte mich zu ihm hingezogen wie ein Vogel, dessen Instinkt ihn in sein Nest zurücktreibt, ehe der Sturm beginnt. Wir setzten uns, und er berichtete von seiner Freundschaft mit meinem Vater und von ihrer gemeinsam verbrachten Zeit. So wie ein Fremdling von seiner Heimat spricht, wenn er sich nach ihr sehnt, erinnert sich ein alter Mensch gerne an seine Jugend. Es bereitete ihm Vergnügen, Geschichten aus verflossenen Tagen zu erzählen, so wie es einen Dichter freut, wenn er sein bestes Gedicht vortragen kann. Der alte Mensch lebt in seinen Gedanken in der Vergangenheit, weil die Gegenwart so rasch enteilt und die Zukunft ihn dem Grabe und damit dem Vergessenwerden näher bringt.

Eine Stunde voll Erinnerung verging wie der Schatten der Bäume auf dem Gras, und als Herr Karamy aufstand, um zu gehen, legte er die Hand auf meine Schulter und sagte: »Ich habe deinen Vater zwanzig Jahre nicht mehr gesehen; deshalb hoffe ich, du wirst mich an seiner Stelle recht oft in meinem Haus besuchen.« Ich dankte ihm für seine Einladung und versprach dem geschätzten Freund meines Vaters, dieser Pflicht gerne nachzukommen. Sobald Farris Karamy das Haus verlassen hatte, bat ich meinen Gastgeber, mir mehr über ihn zu erzählen. Er berichtete mir: »Ich kenne außer ihm in Beirut keinen Mann, den der Reichtum ehrenhaft und die Ehrenhaftigkeit reich gemacht hat. Er ist einer der wenigen, die in diese Welt kommen und sie verlassen, ohne jemandem Schaden zugefügt zu haben. Solche Menschen sind für gewöhnlich unglücklich und werden schlecht behandelt, weil sie nicht durchtrieben genug sind, um sich vor den Gaunereien anderer zu retten. Herr Karamy hat ein einziges Kind, eine Tochter, die ihm charakterlich sehr gleicht. Sie ist unbeschreiblich schön und anmutig, wird aber auch ebenso unglücklich werden, weil der Reichtum ihres Vaters sie bereits an den Rand eines schrecklichen Abgrunds gestellt hat.«

Während dieser Worte legte sich ein Schatten über die Züge meines Freundes.

»Farris Karamy«, fuhr er fort, »ist ein gütiger Mann mit einer vornehmen Gesinnung, aber er besitzt keinerlei Willenskraft und lässt sich wie ein Blinder von den Menschen führen. Seine Tochter hört auf ihn trotz ihrer Klugheit; und das ist das Geheimnis in dieser Beziehung zwischen Vater und Tochter. Leider wurde dieses Geheimnis von einem arglistigen Menschen durchschaut. Er ist ein Bischof und versteckt seine Schlechtigkeit hinter dem Evangelium, so dass alle denken, er sei voll Güte und Tugendhaftigkeit. Er ist ein kirchlicher Würdenträger in diesem Land der Konfessionen, die Menschen gehorchen ihm und verehren ihn und lassen sich von ihm leiten wie eine Herde Schafe, die ins Schlachthaus getrieben wird. Dieser Bischof hat einen verschlagenen, lasterhaften Neffen; und früher oder später wird der Tag kommen, da er ihn an seine rechte und Farris Karamys Tochter an seine linke Seite stellen wird. Er wird mit seiner sündigen Hand den Brautkranz über ihre Köpfe halten und eine tugendhafte, reine Jungfrau an einen schmutzigen Halunken binden. Aber auf diese Weise wird das Herz des Tages ins Innerste der Nacht verpflanzt.

Das ist alles, was ich dir über Farris Karamy und seine Tochter berichten kann, und ich bitte dich, mir keine weiteren Fragen mehr zu stellen.« Während der letzten Worte wandte er sich ab und blickte durch das Fenster gegen den Himmel, als wollte er versuchen, durch intensive Versenkung in die Schönheit des Universums die Probleme des menschlichen Daseins zu lösen.

Als ich mich von ihm verabschiedete, sagte ich ihm, dass ich Herrn Karamy bald aufsuchen würde, um mein Versprechen zu erfüllen und auch wegen der Freundschaft zwischen ihm und meinem Vater. Er sah mich überrascht an, und ich bemerkte eine Veränderung seines Gesichtsausdrucks; es schien, als hätten ihn meine paar Worte auf einen neuen Gedanken gebracht. Sein Blick drückte Zuneigung, Angst und Vorahnung zugleich aus; es war der Blick eines Propheten, der sieht, was noch keiner vermutet.

Seine Lippen zitterten, aber er sagte nichts, als ich das Haus verließ. Sein seltsamer Blick folgte mir nach, ich verstand seine Bedeutung aber erst dann, als ich hineinwuchs in die Welt der Erfahrungen, wo die Herzen einander unmittelbar verstehen und die Seelen durch gegenseitiges Erkennen zur Reife gelangen.

Am Eingang zum Allerheiligsten

Einige Tage später fühlte ich mich sehr einsam; und da mir sogar der Anblick der Bücher verleidet war, mietete ich einen Wagen und fuhr zu Farris Karamys Haus. Hinter einem Pinienhain, in dem viele Leute spazieren gingen, lenkte der Kutscher in einen Privatweg ein, der zu beiden Seiten von Schatten spendenden Weiden begrenzt war. Dahinter konnte man im Vorüberfahren Weingärten und grüne Wiesen mit vielen bunten Blumen sehen.

Nach kurzer Fahrt hielt der Wagen vor einem freistehenden Haus, das inmitten eines prächtigen Gartens lag. Als ich ausstieg, erblickte ich Farris Karamy, der mir bereits entgegenkam. Er hieß mich willkommen und führte mich ins Haus. Wie ein Vater, der sich freut, seinen Sohn wieder zu sehen, setzte er sich neben mich und stellte mir eine Menge Fragen in Bezug auf mein bisheriges Leben, meine Ausbildung und meine Zukunft. Ich antwortete ihm mit hoffnungsvoller Begeisterung und hörte innerlich bereits sein Lob und seine Anerkennung, denn ich schwamm auf den Wogen hochgesteckter Träume.

Auf einmal trat durch eine mit Samt verhangene Tür eine schöne junge Frau in einem glänzendweißen Seidenkleid ein und ging auf uns zu. Wir erhoben uns, und Farris Karamy sagte: »Das ist meine Tochter Selma.« Dann stellte er mich vor und erklärte ihr: »Das Schicksal hat mir einen lieben alten Freund in Gestalt seines Sohnes zurückgebracht.« Selma sah mich aufmerksam an, als zweifelte sie daran, dass ein Besucher gekommen war. Als ich ihre Hand, die einer weißen Lilie glich, berührte, durchzuckte mein Herz ein seltsamer Schmerz.

Schweigend nahmen wir wieder Platz, und es schien, als hätte Selma beim Eintreten einen himmlischen Geist mitgebracht, in dessen Anwesenheit Stille geboten war. Als Selma die plötzliche Stille gewahrte, lächelte sie mich an und sagt: »Oft schon hat mir mein Vater aus seiner Jugend erzählt und von der Zeit, die er zusammen mit deinem Vater verbrachte. Wenn dein Vater das Gleiche tat, dann begegnen wir einander jetzt nicht zum ersten Mal.«

Farris Karamy freute sich über die Worte seiner Tochter und fügte erklärend hinzu: »Selma ist sehr empfindsam; sie sieht manches mit ihrem geistigen Auge.« Daraufhin nahm er das unterbrochene Gespräch wieder auf, und es schien, als hätte er in mir einen übersinnlichen Vermittler gefunden, der ihn auf den Flügeln des Erinnerns in vergangene Zeiten zurückversetzen konnte.

Während ich meinen Gedanken nachhing und von der Zukunft träumte, kam er mir vor wie ein hoher alter Baum, der Sturm und Hitze getrotzt hatte und nun seinen Schatten auf einen niedrigen jungen Baum wirft, den schon ein Morgenlüftchen zum Erzittern bringt.

Selma saß währenddessen schweigend da und blickte ab und zu auf ihren Vater und dann wieder auf mich, als würde sie gerade das erste und das letzte Kapitel in der Geschichte des Lebens lesen. Draußen im Garten begann es bereits dunkel zu werden, und ich konnte durch das Fenster wahrnehmen, wie die Sonne die Gipfel des Libanon zum Abschied mit goldenen

Küssen überschüttete. Farris Karamy fuhr fort, von seinen Jugenderlebnissen zu berichten. Ich hörte ihm hingerissen zu und stand ihm mit solcher Begeisterung Rede und Antwort, dass sich seine anfängliche Schwermut in Heiterkeit wandelte.

Selma, die in der Nähe des Fensters saß, beobachtete uns mit traurigen Augen. Sie sagte nichts, jedoch die Schönheit spricht ihre eigene gewichtige Sprache, die erhabener ist als die Worte, die ihren Weg über Zunge und Lippen nehmen. Es ist die Sprache der Ewigkeit, die der ganzen Menschheit zu Eigen ist und einem ruhigen See gleicht, der die singenden Bäche in die Tiefe zieht und sie zum Schweigen bringt. Allein unsere Seele vermag die Schönheit zu begreifen und kann mit ihr wachsen und leben. Unsere Sinne aber verwirrt sie, so dass wir nicht fähig sind, sie zu beschreiben. Sie ist eine Empfindung, die nicht mit den Augen wahrgenommen werden kann, denn sie geht sowohl von dem aus, der betrachtet wird, als auch von dem, der betrachtet. Wahre Schönheit ist ein Lichtstrahl, der aus dem Innersten der Seele dringt und den Körper erhellt, ebenso wie das Leben aus den Tiefen der Erde dringt und einer

Blume Duft und Farbe verleiht. Wahre Schönheit bedeutet auch den geistigen Einklang zwischen Mann und Frau, den wir als Liebe bezeichnen.

Waren an diesem Tag Selmas Seele und die meine bestrebt, einander zu erreichen, und ließ dieser Wunsch sie mir als die schönste Frau unter der Sonne erscheinen? Oder war ich vom Wein der Jugend so berauscht, dass er mir Bilder vorgaukelte, die es gar nicht gab? Hatte die Jugend mich so geblendet, dass sie mir das Strahlen ihrer Augen, die Süße ihres Mundes und die Anmut ihrer Gestalt nur vorspiegelte? Oder öffneten mir dieses Strahlen, diese Süße und Anmut die Augen, so dass ich die Freuden und Leiden der Liebe nun zu erkennen vermochte? Solche Fragen sind schwer zu beantworten, aber ich versichere wahrheitsgemäß, dass ich zu dieser Stunde ein Gefühl empfand, welches ich früher nie gekannt hatte. Es war ein ganz neues Gefühl, das da still in meinem Herzen ruhte, ähnlich dem Geist, der bei der Erschaffung der Welt über den Wassern schwebte. Aus diesem Gefühl heraus wurden sowohl mein Glück als auch meine Trauer geboren.

Auf diese Weise endete die Stunde meiner ersten Begegnung mit Selma, und gleichzeitig befreite mich der Wille des Himmels von den Fesseln der Jugend und der Einsamkeit und reihte mich ein in den Festzug der Liebe. Die einzige Freiheit in dieser Welt ist die Liebe, denn sie hebt die Seele so hoch empor, dass weder menschliche Gesetze noch die Ordnung der Natur ihren Lauf beeinträchtigen können.

Als ich mich erhob, um Abschied zu nehmen, sagte Farris Karamy mit Nachdruck: »Mein Sohn, da du nun den Weg zu meinem Haus kennst, solltest du recht oft kommen und dich wie im Haus deines Vaters fühlen. Betrachte mich als deinen Vater und Selma als deine Schwester.« Während dieser Worte wandte er sich zu Selma, als bäte er sie um die Bestätigung seiner Aufforderung. Sie neigte zustimmend den Kopf und sah mich an wie einen alten Bekannten.

Farris Karamys Worte versetzten mich an der Seite seiner Tochter vor den Altar der Liebe. Diese Worte waren ein himmlischer Gesang, der in Verzückung begann und in Trauer endete. Sie erhoben unsere Seelen in die Gefilde des Lichts und des sengenden Feuers und waren der Kelch, aus dem wir Glück und Unglück tranken.

Ich trat aus dem Haus, und Selmas Vater geleitete mich zum Gartentor; währenddessen bebte mein Herz wie der zitternde Mund eines Verdurstenden.

Die weiße Fackel

Der April ging dem Ende zu. Ich hatte meine Besuche bei Farris Karamy fortgesetzt und war dabei immer wieder auch mit Selma zusammengetroffen. Dabei konnte ich ihre Schönheit und Klugheit bewundern und ihre stumme Trauer wahrnehmen; gleichzeitig fühlte ich mich wie von einer unsichtbaren Hand zu ihr hingezogen. Jeder Besuch eröffnete mir eine neue Seite ihrer Schönheit und gewährte mir Einblick in ihre liebenswürdige Seele, so dass sie schließlich wie ein Buch für mich wurde, dessen Seiten ich verstehen und dessen Lieder ich singen konnte; niemals jedoch würde ich imstande sein, es zu Ende zu lesen. Eine Frau, welcher die Vorsehung einen schönen Körper und zugleich eine schöne Seele schenkte, stellt eine Gegebenheit dar, die gleichzeitig sichtbar und verborgen ist. Man vermag sie nur in der Liebe zu verstehen und darf sie nur in Reinheit berühren; und wenn man versucht, solch eine Frau zu beschreiben, entschwindet sie wie Rauch.

Selma Karamy besaß sowohl körperliche wie auch geistige Schönheit, doch wie soll ich sie jemandem beschreiben, der sie niemals sah? Vermag sich ein Toter an den Gesang einer Nachtigall, an den Duft einer Rose oder das Rauschen eines Baches zu erinnern? Kann ein Gefangener in schweren Eisenketten dem Morgenwinde folgen? Aber ist das Schweigen nicht qualvoller als der Tod? Was hindert mich eigentlich daran, Selma mit einfachen Worten zu beschreiben, wenn ich sie schon nicht mit leuchtenden Farben gegenständlich darstellen kann? Der in der Wüste Hunger Leidende wird sich auch nicht davon abhalten lassen, trockenes Brot zu essen, wenn ihn der Himmel weder mit Manna noch mit Wachteln versorgt.

In ihrem weißseidenen Kleid glich Selma dem zarten Strahl des Mondes, der durch das Fenster dringt. Sie bewegte sich mit Anmut und Ausgeglichenheit. Ihre Stimme hatte einen leisen, melodischen Klang, und die Worte tropften von ihren Lippen wie der Tau, der von den Blüten fällt, wenn der Wind darüber streicht. Und Selmas Antlitz! Keinerlei Worte vermögen dessen Ausdruck zu schildern, der einerseits tiefes inneres Leid, andererseits himmlische Entrücktheit widerspiegelte.

Die Schönheit von Selmas Antlitz kann man nicht als klassisch bezeichnen. Sie war wie ein Traum, wie eine Offenbarung, die weder gemessen noch bestimmt werden kann und mit dem Pinsel eines Malers oder dem Meißel eines Bildhauers nicht nachzubilden war. Selmas Schönheit lag nicht in ihrem goldblonden Haar, sondern in der Gloriole von Tugend und Reinheit, die es umgab; sie lag nicht in ihren großen Augen, sondern in dem klaren Licht, das diese ausstrahlten; sie kam auch nicht von ihren roten Lippen, sondern von der Freundlichkeit ihrer Worte; und es war nicht ihr elfenbeinfarbiger Hals, der entzückte, sondern die Art, wie sie den Nacken leicht nach vorne beugte. Ihre einmalige Schönheit trat nicht nur in ihrer vollkommenen Gestalt in Erscheinung, sondern offenbarte sich genauso in der vornehmen Gesinnung ihrer Seele, die zwischen Himmel und Erde wie eine weiße Fackel loderte. Diese Schönheit glich der Gabe der Dichtkunst: Dichter jedoch sind unglückliche Menschen, denn so hoch sich ihr Geist auch zu erheben vermag, er bleibt doch immer von einer Tränenhülle umschlossen.

Selma machte sich mehr Gedanken, als sie in Worten äußerte. Ihr Schweigen war eine Art Musik, die in eine Traumwelt versetzte; man konnte bei ihr das Pochen seines eigenen Herzens vernehmen, Gedanken und Gefühle entstehen sehen und Auge in Auge mit ihnen verweilen.

Zeit ihres Lebens war Selma von einem Mantel tiefer Trauer umhüllt, der ihre Schönheit und ihren Adel noch verstärkte, so wie ein blühender Baum noch lieblicher erscheint, wenn man ihn im Morgendunst ansieht. Diese Trauer verband ihre Seele mit der meinen, so dass jeder vom Gesicht des anderen ablesen konnte, was sein Herz bewegte: ebenso vermochte jeder von uns den Widerhall seiner inneren Stimme zu hören. So hatte Gott zwei Körper zu einem werden lassen, und eine Trennung konnte nichts anderes als Qualen bedeuten.

Eine trauernde Seele findet nur in der Verbindung mit einer gleich gesinnten Ruhe; wobei diese Empfindung der Freude des Fremdlings gleichzusetzen ist, der weit weg von der Heimat einen anderen Fremdling trifft. Herzen, die sich in der Trauer verbunden wissen, wollen auch vom Glanz des Glücks nicht getrennt werden; und Liebe, die in Tränen geläutert wurde, wird rein und herrlich bleiben in Ewigkeit.

Der Sturm

Eines Tages bat mich Farris Karamy zum Abendessen in sein Haus. Gerne nahm ich die Einladung an, denn meine Seele hungerte nach dem göttlichen Brot, das der Himmel in Selmas Hände gelegt hatte, jenem Brot, das unsere Herzen umso hungriger macht, je mehr wir davon essen. Es war das Brot, von dem der arabische Dichter Kais und ebenso Dante und Sappho kosteten und das ihre Herzen entbrennen ließ; es war das Brot, das die Göttin aus der Süße von Küssen und dem Salz der Tränen bereitet.

Als ich das Haus meines Gastgebers erreichte, sah ich Selma auf einer Bank im Garten sitzen. Sie lehnte den Kopf an einen Baum und sah in ihrem weißen Kleid wie eine Braut aus, aber gleichzeitig auch wie eine Schildwache, die diesen Platz behütete.

Schweigend und ehrerbietig trat ich heran und setzte mich neben sie, denn sprechen konnte ich in diesem Augenblick nicht. Ich verharrte in meinem Schweigen, denn dieses ist ja die wahre Sprache des Herzens; doch ich fühlte, dass Selma meinen Ruf vernahm und das Abbild meiner Seele in meinen Augen sehen konnte. Nach einiger Zeit kam Farris Karamy aus dem Haus und begrüßte mich wie immer. Als er mir die Hand entgegenstreckte, hatte ich das Gefühl, als wäre er beglückt über das Geheimnis, das mich mit seiner Tochter verband. Er sagte: »Das Abendessen ist fertig. Kommt, meine Kinder!« Wir standen auf und folgten ihm. Selmas Augen strahlten, denn damit, dass ihr Vater uns beide seine Kinder nannte, war zu ihrer Liebe eine neue Empfindung hinzugekommen.

Wir setzten uns an den Tisch und genossen das Mahl, aber unsere Seelen schwebten in einer weit entfernten Welt, doch wir dachten bereits an die Zukunft und ihre Fährnisse. Wir waren drei Menschen mit unterschiedlichen Gedanken, jedoch in Liebe miteinander verbunden. Drei schuldlose Menschen mit viel Gefühl, aber wenig Erfahrung; ein Drama mit drei Darstellern: einem alten Mann, der seine Tochter innig liebte und um ihr Glück besorgt war, eine zwanzigjährige junge Frau, die traurig in die Zukunft blickte, und ein von Träumen verfolgter junger Mann, der weder vom Wein noch vom Essig des Lebens gekostet hatte, jedoch alles daransetzte, die Höhe der Liebe und der Erkenntnis zu erklimmen, aber unfähig war, sich aufzuschwingen. Zu dritt saßen wir im Halbdunkel, aßen und tranken in diesem einsam gelegenen Haus, und die Sterne des Himmels wachten über uns. Auf dem Grund unserer Gläser hielten sich aber bereits Bitterkeit und Schmerz verborgen.

Als wir mit dem Essen fertig waren, meldete eine Dienerin die Ankunft eines Mannes, der Farris Karamy zu sprechen wünschte. »Wer ist es?«, fragte Selmas Vater, und das Mädchen antwortete: »Es ist ein Bote des Bischofs.« Einen Augenblick lang sah Farris seine Tochter mit dem Blick eines Propheten an, der die Geheimnisse des Himmels zu ergründen versucht. Dann wies er die Dienerin an, den Mann hereinzuführen.

Sie verließ den Raum, und der orientalisch gekleidete Abgesandte des Bischofs trat ein. Er grüßte und sagte: »Seine bischöfliche Gnaden hat mich mit dem Wagen hergeschickt, denn er möchte etwas Wichtiges mit Herrn Karamy besprechen.« Farris' Gesicht verfinsterte sich, und sein Lächeln verschwand. Er bedachte sich kurze Zeit, trat dann zu mir und sagte freundlich: »Ich hoffe, dich noch vorzufinden, wenn ich zurückkomme. Selma wird gewiss über deine Gesellschaft erfreut sein.« Während dieser Worte wandte er sich zu Selma, um ihres Einverständnisses sicher zu sein. Sie nickte und errötete ein wenig, und mit einer Stimme, deren Klang einer Lyra glich, erwiderte sie: »Ja, Vater. Ich werde mich bemühen, unseren Gast zufriedenzustellen.«

So lange wie möglich blickte Selma dem Wagen nach, den ihr Vater und der Bote des Bischofs bestiegen hatten. Als er nicht mehr zu sehen war, setzte sie sich mir gegenüber auf ein mit grüner Seide bespanntes Sofa und wirkte wie eine vom Morgenwind bewegte Lilie auf einem Grasteppich. Es war wohl der Wille des Himmels, dass ich in dieser Nacht mit Selma allein sein sollte, in ihrem schönen, von Bäumen umstandenen Haus, wo Ruhe, Liebe, Schönheit und Tugendhaftigkeit ihren Wohnsitz hatten.

Es gibt noch etwas Erhabeneres und Reineres als das, was mit Worten ausgesprochen wird, nämlich das Schweigen. Es lässt unsere Seele erstrahlen, lässt die Herzen flüstern und fügt sie zusammen. Das Schweigen trennt uns vom eigenen Ich und hilft uns, dem Himmel näher zu kommen. Es macht uns klar, dass unser Körper nichts anderes ist als ein Gefängnis und diese Welt ein Verbannungsort.

Selmas Augen verrieten mir das Geheimnis ihres Herzens. Leise sagte sie: »Gehen wir in den Garten. Wir wollen uns unter die Bäume setzen und dem Mond zusehen, wie er hinter den Bergen aufgeht.« Gehorsam stand ich auf, zögerte dann aber und meinte: »Wäre es nicht besser zu warten, bis der Mond aufgegangen ist und den Garten erhellt? Die Bäume und Blumen sind jetzt in Finsternis gehüllt, und wir können nichts sehen.« Darauf erwiderte sie: »Wenn auch die Finsternis Bäume und Blumen vor unseren Augen verbirgt, so kann sie doch nicht die Liebe in unseren Herzen verdecken.« Diese Worte sprach sie in einem eigenartigen Ton, wandte dann ihre Augen ab und blickte durch das Fenster. Ich schwieg, dachte nach und wog die Bedeutung jeder Silbe ab. Sie sah mich an, als bereue sie das Gesagte und könne es durch die Kraft ihres Blickes meinem Gehör wieder entziehen. Doch anstatt mich ihre Worte vergessen zu lassen, bestätigten ihre Augen sie nachhaltig, und sie setzten sich in der Tiefe meines Herzens fest.

Alles Schöne und Bedeutsame in dieser Welt entsteht aus einem einzigen Gedanken oder einer einmaligen Regung in der Seele eines Menschen. Alles, was heute sichtbar ist und vor Generationen entstand, war vor seinem Auftreten ein Gedanke im Kopf eines Mannes oder ein Gefühl im Herzen einer Frau. Die Revolutionen, die Ströme von Blut kosteten und vom Streben der Menschen nach Freiheit bewirkt wurden, waren der Einfall eines einzigen Mannes unter Tausenden. Die verheerenden Kriege, in denen ganze Königreiche untergingen, hatten ihren Ursprung im Gehirn eines Einzelnen. Und auch die erhabensten Lehrsätze, von denen die Entwicklung der Menschheit beeinflusst wurde, entsprangen dem Gehirn eines Mannes, dessen schöpferischer Geist ihn aus der Masse seiner Mitmenschen herausragen ließ. Aus einem einzigen Gedanken entstanden die Pyramiden, wurde der Ruhm des Islam begründet, wurde aber auch der Brand der Bibliothek von Alexandria veranlasst.

Ein einziger Gedanke, der nachts in dir entsteht, kann dir unendliche Ehren eintragen oder die Verbannung bringen. Ein einziger Blick aus den Augen einer Frau macht dich zum glücklichsten Mann in der Welt, und nur ein einziges Wort kann über Reich oder Arm entscheiden.

Jenes Wort, das Selma in dieser stillen Nacht ausgesprochen hatte, hielt mich zwischen Vergangenheit und Zukunft fest wie ein Schiff, das mitten im Ozean vor Anker geht. Es erweckte mich aus dem Schlaf der Jugend und der Einsamkeit und versetzte mich auf eine Bühne, wo Leben und Tod ihre Rollen spielen.

Der Duft, der von den Blumen ausging, vermischte sich mit der Abendluft, als wir in den Garten traten und uns schweigend unter einem Jasminstrauch auf einer Bank niederließen. Wir lauschten dem Atem der schlafenden Natur, und die Sterne am nächtlichen Himmel wurden zu Zeugen des Unheils, das über uns hereinbrach.

Der Mond ging hinter den Bergen auf und erhellte die Küste und das Hügelland. Man konnte sogar die Dörfer sehen, die sich um das Tal hinzogen und plötzlich aus dem Nichts aufgetaucht waren. Unter den silbernen Strahlen des Mondes lag der Libanon in seiner ganzen Schönheit vor uns.

Von westlichen Dichtern wird der Libanon als legendärer Ort betrachtet, der seit den Zeiten Davids, Salomons und der

Propheten aber in Vergessenheit geraten war, genauso wie der Garten Eden nach dem Sündenfall von Adam und Eva. Für sie hat der Libanon eine poetische Bedeutung im Zusammenhang mit einem Gebirge, dessen Hänge getränkt sind vom Duft der Heiligen Zedern. Er erweckt in ihnen die Erinnerung an finstere, unüberwindliche Burgen aus Kupfererz und Marmor sowie an Gazellenherden, die in den lieblichen Tälern weiden. In dieser Nacht sah auch ich den Libanon mit den Augen eines Dichters.

So verändern sich die Dinge mit unseren Gefühlen und erscheinen uns zauberhaft und wunderschön, während doch Verzauberung und Schönheit in Wahrheit in uns selbst wohnen.

Als der Mondschein auf Selmas Antlitz, Nacken und Arme fiel, schien sie eine Elfenbeinstatue zu sein, geformt von den Händen eines Anbeters der Ischtar, der Göttin der Schönheit und der Liebe. Sie sah mich an und fragte: »Warum schweigst du? Warum erzählst du mir nichts aus deinem bisherigen Leben?« Da fiel meine Schweigsamkeit von mir ab und ich fragte: »Hörtest du nicht, was ich sagte, als wir in den Garten gingen? Die Seele, die das Flüstern der Blumen vernimmt, vermag auch den Schrei meiner Seele und den Ruf meines Herzens zu hören.« Daraufhin bedeckte sie ihr Gesicht mit den Händen und antwortete mit bebender Stimme: »Doch, ich habe dich gehört! Ich vernahm eine Stimme, die aus der Tiefe der Nacht drang, und ebenso einen Ruf aus dem Herzen des Tages.« In diesem Augenblick vergaß ich mein bisheriges Leben ebenso wie das gegenwärtige, ich vergaß alles außer Selma und entgegnete: »Ich hörte dich auch, Selma! Ich vernahm eine herrliche Musik in der Luft, die das ganze Universum vibrieren ließ!«

Nach meinen Worten schloss Selma die Augen und ein trauriges Lächeln umspielte ihre Lippen, als sie flüsterte: »Ich weiß jetzt, dass es etwas gibt, das noch höher ist als der Himmel, noch unergründlicher als das Meer und stärker als Leben. Tod und Zeit. Ich weiß jetzt, was ich früher nicht wusste.«

Von diesem Augenblick an war mir Selma teurer als ein Freund, vertrauter als eine Schwester und begehrenswerter als eine Geliebte. Sie bedeutete für mich die Verkörperung eines erhabenen Gedankens, eines wunderschönen Traums und eines überwältigenden Gefühls im Herzen. Es ist falsch, anzunehmen, dass Liebe sich aus einer lange währenden Gemeinsamkeit oder beharrlichem Werben entwickelt. Nein, sie ist vielmehr das Produkt geistiger Übereinstimmung, und wenn diese sich nicht innerhalb eines Augenblicks entfaltet, wird sie weder nach Jahren noch nach Generationen entstehen.

Selma hob den Kopf und blickte gegen den Horizont, dorthin, wo das Gebirge in den Himmel aufragt. Sie sagte: »Gestern noch warst du für mich wie ein Bruder, mit dem ich mein Leben teilte und bei dem ich mich geborgen fühlte. Jetzt aber fühle ich, dass es noch etwas anderes und etwas Innigeres gibt als geschwisterliche Zuneigung, ein Gefühl, das Liebe und Angst gleichermaßen umfasst, und das mein Herz sowohl mit Trauer als auch mit Glückseligkeit erfüllt.« Darauf erwiderte ich: »Dieses Gefühl, das uns Angst einflößt und uns erschüttert, wenn es ins Herz dringt, gehört zu dem Gesetz der Natur, das auch den Mond um die Erde kreisen lässt sowie die Sonne um Gott.«

Sie legte ihre Hand auf meinen Kopf und streichelte mein Haar. Ihr Antlitz leuchtete, und in ihren Augen glänzten Tränen wie die Tautropfen auf einer Lilienblüte, als sie fragte: »Wer würde unsere Geschichte für möglich ansehen, wer würde glauben, dass wir in dieser einzigen Stunde alle Hindernisse des Zweifels niedergerissen haben? Und wer würde es für wahr halten, dass der April, der Monat unserer ersten Begegnung, auch der Monat ist, der uns ins Allerheiligste des Lebens brachte?« Während dieser Worte lag ihre Hand auf meinem Haupt, und ich hätte keine Königskrone und keinen Heiligenschein gegen diese schöne, weiche Hand, die mein Haar liebkoste, eingetauscht.

»Die Menschen werden unsere Geschichte nicht glauben«, antwortete ich, »denn sie wissen nicht, dass die Liebe die einzige Blume ist, die unabhängig von den Jahreszeiten wächst und blüht. Aber ist es wirklich der April, der uns zusammenführte, und ist es wirklich diese Stunde, die uns im Allerheiligsten des Lebens festhält? Ist es nicht die Hand Gottes, die unsere Seelen schon verband, ehe wir geboren wurden, und die sie nun für immer aneinander kettet? Ein Menschenleben beginnt nicht erst im Mutterleib und endet auch nicht im Grabe. Dieses Himmelsgewölbe mit all seinen Sternen und dem Licht des Mondes wird von liebenden Seelen und gefühlsverwandten Geistern bewohnt.«

Als Selma die Hand von meinem Kopf nahm, verspürte ich außer dem Nachtwind ein elektrisierendes Vibrieren bis unter die Haarwurzeln. Wie ein andächtiger Beter, der in Demut eine Reliquie küsst, um gesegnet zu sein, ergriff ich ihre Hand, presste meine heißen Lippen darauf und küsste sie lange Zeit. Die Erinnerung daran rührt noch immer mein Herz und erweckt in ihrer Süße alle Tugenden meiner Seele.

Eine Stunde verging, von der jede Minute ein Jahr voll Liebe bedeutete. Die Stille der Nacht, das Mondlicht sowie die Blumen und Bäume ließen alles außerhalb unserer Liebe in Vergessenheit geraten.

Plötzlich vernahmen wir das Galoppieren von Pferden und das Geräusch von Wagenrädern. Wir erwachten aus unserer lustvollen Ohnmacht, tauchten aus der Welt der Träume auf in die irdischen Bezirke der Verwirrung und stellten fest, dass Selmas Vater von seiner Fahrt zum Bischof zurückgekommen war. Da standen wir auf und gingen ihm entgegen.

Als der Wagen das Gartentor erreicht hatte, stieg Farris Karamy aus und schritt tief gebeugt, als trüge er eine schwere Last, langsam auf uns zu. Er trat zu Selma hin, legte ihr beide

Hände auf die Schultern und blickte sie lange an. Tränen liefen über seine faltigen Wangen, und seine Lippen verzogen sich zu einem traurigen Lächeln, als er mit erstickter Stimme zu sprechen begann: »Meine geliebte Selma«, sagte er, »sehr bald wirst du aus den Armen deines Vaters genommen und einem anderen Mann übergeben werden. Bald wird das Schicksal dich aus diesem stillen Haus in die Welt hinausführen, und dieser Garten wird deine Schritte vermissen. Es ist jetzt alles entschieden. Gott beschütze dich!« Während Selma ihm zuhörte, verdüsterte sich ihr Antlitz, und ihr Blick wurde starr, als spüre sie das Herannahen des Todes. Dann schrie sie auf wie ein angeschossener Vogel und fragte fassungslos: »Was sagst du da? Was soll das bedeuten? Wohin schickst du mich?« Forschend blickte sie ihrem Vater in die Augen und versuchte, hinter sein Geheimnis zu kommen. Plötzlich aber sagte sie: »Ich verstehe. Ich verstehe jetzt alles: Der Bischof fordert mich von dir und hat bereits den Käfig aufgestellt für diesen Vogel mit den gebrochenen Schwingen. Geschieht das alles mit deinem Einverständnis, Vater?«

Seine Antwort war ein tiefer Seufzer. Behutsam führte er

Selma ins Haus, während ich, von Verwirrung geschüttelt wie die Blätter der Bäume im Herbstwind, im Garten zurückblieb. Nach einer Weile folgte ich ihnen ins Wohnzimmer nach, und um niemanden in Verlegenheit zu bringen, reichte ich Farris Karamy zum Abschied die Hand, blickte auf Selma wie zu einem weit entfernten Stern und verließ das Haus. Als ich das Gartentor erreicht hatte, hörte ich, dass mich Selmas Vater zurückrief. Ich drehte mich um und ging auf ihn zu. Entschuldigend sprach er, indem er mich bei der Hand nahm: »Verzeih mir, mein Sohn. Ich habe dir mit meinen Tränen den Abend verdorben, aber ich bitte dich, mich auch weiterhin zu besuchen, wenn mein Haus verlassen ist und ich allein und verzweifelt sein werde. Die Jugend gesellt sich zwar nicht gerne dem Alter zu, ebenso wenig wie sich der Morgen mit dem Abend trifft, aber du, mein Sohn, wirst zu mir kommen und mir meine Jugendzeit, die ich mit deinem Vater verbrachte, wieder in Erinnerung bringen. Und du wirst mir erzählen, was es Neues draußen im Leben gibt, das mich ja dann nicht länger mehr als zugehörig betrachtet. Wirst du mich besuchen, wenn Selma mich verlässt und ich hier ganz alleine bin?« Während seiner

Worte reichte ich ihm meine Hand und spürte, wie seine Tränen darauf tropften. Ich zitterte in Trauer und kindlicher Zuneigung und merkte, wie mein Herz vor Gram erstarrte. Als ich aufsah und er die Tränen in meinen Augen entdeckte, zog er mich an seine Brust, küsste mich auf die Stirn und sprach: »Leb wohl, mein Sohn, leb wohl!«

Eines alten Mannes Tränen sind beeindruckender als die eines Jünglings, denn sie bedeuten den Rest von Leben in einem geschwächten Körper. Die Tränen eines jungen Mannes gleichen den Tautropfen auf einem Rosenblatt, doch die eines alten Mannes sind wie die Blätter, die der Wind vom Baum bläst, wenn der Winter naht.

Mein Abschied kam mir vor wie die Vertreibung Adams aus dem Garten Eden, jedoch die Eva meines Herzens blieb nicht bei mir, um aus der Welt ein zweites Paradies zu schaffen. In jener Nacht, in der ich zum zweiten Mal geboren wurde, fühlte ich, dass ich auch dem Tod ins Angesicht geblickt hatte. So kann es geschehen, dass die Sonne Leben erweckt, doch ebenso auch mit ihrer Hitze die Fluren versengt.

Der Feuersee

Alles, was ein Mensch im Schatten der Nacht heimlich vollbringt, wird mit dem Tageslicht aufgedeckt. Vertraulich geäußerte Worte werden unerwartet zum öffentlichen Gespräch, und was wir heute in den hintersten Winkeln unserer Wohnung verstecken, erzählt man sich morgen an allen Straßenecken. So wurde auch der dunkle Schatten gelichtet, der den Zweck des Treffens zwischen Bischof Bulos Galib und Farris Karamy verbergen sollte, und das Gerücht darüber verbreitete sich überall in der Nachbarschaft, bis es auch mir zu Ohren kam.

Die Unterredung, die der Bischof und Selmas Vater in jener Nacht geführt hatten, galt keineswegs den Problemen der Armen, Witwen und Waisen, sondern der Grund dafür, dass nach Farris Karamy gesandt worden war und er sogar mit des Bischofs eigenem Wagen gefahren wurde, war die geplante Verlobung Selmas mit dem Neffen des Bischofs, Mansour Bey Galib.

Selma war das einzige Kind des reichen Farris Karamy, und die Wahl des Bischofs fiel nicht wegen ihrer Schönheit oder ihrer edlen Gesinnung auf sie, sondern wegen des Vermögens ihres Vaters, das Mansour wachsenden Wohlstand bringen sollte und ihn zu einem angesehenen Mann machen würde.

Im Orient begnügen sich die religiösen Führer nicht mit ihrer persönlichen Macht, sondern bemühen sich auch, ihrer gesamten Familie zu Einfluss zu verhelfen. Der Rang eines Fürsten vererbt sich auf seinen ältesten Sohn, die Würde eines hohen Geistlichen wird wie eine ansteckende Krankheit auf seine Brüder und Neffen übertragen. Auf diese Weise kann ein christlicher Bischof, ein muslimischer Imam oder ein Brahmanenpriester zur vielköpfigen Hydra werden, die ihre Beute mit ihren Fangarmen umschlingt und ihr mit zahlreichen Mäulern das Blut aussaugt.

Als der Bischof um Selmas Hand anhielt, war die Antwort ihres Vaters zuerst tiefes Schweigen und bittere Tränen, denn er wollte sein einziges Kind nicht verlieren. Welcher Mann leidet nicht, wenn er sich von seiner einzigen Tochter, die er zu einer jungen Frau erzogen hat, trennen muss? Die Trauer der Eltern über die Heirat einer Tochter ist so groß wie das Glück bei der Vermählung eines Sohnes, denn durch ihn gewinnt die Familie ein neues Mitglied, während sie die Tochter verliert. Notgedrungen ging Farris Karamy auf die Forderung des Bischofs ein, gehorchte aber mit großem Widerwillen, denn er kannte den Neffen und wusste, dass dieser gefährlich, verrucht und verdorben war. Im Libanon könnte sich ein Christ niemals seinem Bischof widersetzen, ohne gleichzeitig sein Ansehen einzubüßen. Keiner könnte seinem geistlichen Oberhaupt Ungehorsam entgegenbringen, ohne seinen guten Ruf zu gefährden. Welches Auge vermag dem Pfeil entgegenzusehen, ohne durchbohrt zu werden, und welche Hand könnte die Schneide eines Schwertes anfassen, ohne verletzt zu werden?

Hätte sich Farris Karamy dem Bischof widersetzt und hätte er ihm seinen Wunsch verweigert, wäre Selmas guter Name von allen in den Schmutz gezogen worden, denn nach Meinung des Fuchses sind die Trauben sauer, die zu hoch hängen.

So wurde Selma vom Schicksal ergriffen und wie eine gedemütigte Sklavin in den langen Zug unglücklicher orientalischer Frauen eingereiht. So geriet diese edle Seele in die Falle, nachdem sie frei auf den weißen Schwingen der Liebe in einem Himmel schwebte, der vom Licht des Mondes erleuchtet und vom Duft der Blumen erfüllt war.

In manchen Ländern wird der Reichtum der Eltern eine Quelle des Leids für ihre Kinder. Die großräumigen Schatzkammern, welche sie zur Sicherung des Wohlstands ihrer Nachkommen anlegen, bedeuten für die Erben oftmals enge, dunkle Gefängnisse. Der von den Menschen angebetete allmächtige Dinar* wandelt sich zum Dämon, der den Geist züchtigt und das Herz tötet.

Selma Karamy wurde gleichfalls ein Opfer des väterlichen Reichtums und darüber hinaus eine Beute ihres habgierigen Bräutigams. Wäre ihr Vater nicht so vermögend gewesen, würde Selma heute noch leben und glücklich sein.

Seit jenem Abend war eine Woche vergangen, und Selmas Liebe war mein einziger Gedankeninhalt. Abends sang sie mir

* eine Geldwährung im Nahen Osten

fröhliche Lieder und weckte mich am Morgen, um mir den Sinn des Lebens und die Geheimnisse der Natur zu offenbaren. Es war eine himmlische Liebe, die keine Eifersucht kannte, sie war vollkommen rein und eine Wohltat für den Geist. Sie stellte eine enge Verbindung der Seelen in vollkommener Übereinstimmung dar, erweckte einen starken Hunger nach Zuneigung, der, wenn er gestillt wird, das Herz überfließen lässt; zudem rief sie eine Zärtlichkeit hervor, welche Hoffnungen zulässt, ohne Unruhe zu verursachen, und sie verwandelte die Erde in ein Paradies und das Leben in einen wunderschönen Traum. Wenn ich am frühen Morgen durch die Fluren streifte, entdeckte ich in der erwachenden Natur das Symbol der Unvergänglichkeit, wenn ich mich am Strand niederließ, vernahm ich in den Wellen das Lied der Ewigkeit, und wenn ich durch die Straßen der Stadt ging, gewahrte ich im Getriebe der Vorübereilenden und in der Regsamkeit des arbeitenden Volkes die Schönheit des Lebens und die Herrlichkeit des menschlichen Daseins.

Wie Schatten vergingen jene Tage und schwanden dahin wie Wolken, doch bald blieben mir nichts anderes mehr als schmerzliche Erinnerungen. Die Augen, mit denen ich die Schönheit des Frühlings und das Erwachen der Natur wahrgenommen hatte, bemerkten nur noch das Wüten des Sturms und die Trostlosigkeit des Winters. Die Ohren, die früher freudig dem Spiel der Wellen lauschten, vernahmen blass das Heulen des Windes und die Zornausbrüche des Meeres in der Tiefe. Und meine Seele, die glückselig die nimmermüde Kraft der Menschen und die Herrlichkeit des Universums beobachtet hatte, erlitt die Qualen des Misserfolgs und tiefer Enttäuschung. Nichts ist schöner als die Tage der Liebe, aber nichts ist unerbittlicher und schmerzlicher als die schrecklichen Nächte der Trauer.

Als ich meinen Gefühlen nicht länger mehr Widerstand leisten konnte, machte ich mich noch einmal auf den Weg zu Selmas Haus, zu jenem Tempel, den die Schönheit errichtet und die Liebe gesegnet hatte, in dem die Seele sich ehrerbietig verneigte und das demütige Herz betend niederkniete. Ich betrat den Garten und verspürte eine Kraft, die mich dem Irdischen entrückte und in eine übernatürliche Welt versetzte, wo es weder Streit noch Bedrängnis gibt. Wie ein Verklärter, dem ein Blick in den Himmel gewährt wird, sah ich mich inmitten von Bäumen und Blumen. Als ich den Eingang des Hauses erreicht hatte, entdeckte ich Selma, die im Schatten des Jasmins saß, auf derselben Bank, auf der wir uns vor einer Woche niedergelassen hatten, in jener Nacht, die von der Vorsehung als Beginn meines Glücks und gleichzeitig meines Leids ausersehen worden war. Sie bewegte sich nicht und sagte auch nichts, als ich näher kam. Aber sie schien mein Kommen geahnt zu haben, denn als ich mich zu ihr setzte, blickte sie mich an und seufzte. Nach einer Weile tiefgründigen Schweigens fasste sie meine Hand und sprach mit müder Stimme: »Sieh mich an, mein Freund! Betrachte mein Gesicht und erkenne daraus, was du erfahren möchtest, was ich dir aber nicht mitteilen kann. Schau mich an, Geliebter!« Ich betrachtete aufmerksam ihr Gesicht und stellte fest, dass diese Augen, die noch vor wenigen Tagen wie Lippen gelächelt und sich wie Nachtigallenflügel bewegt hatten, nun eingefallen waren und matt und gequält blickten. Ihr Antlitz, das einer Lilienblüte nach dem Kuss der Sonne geglichen hatte, war welk und farblos geworden. Ihre Lippen glichen zwei verblühten

Rosen, die der Herbst auf ihren Stielen hatte stehen lassen. Ihr Hals, der früher wie eine Säule aus Elfenbein wirkte, beugte sich jetzt weit nach vorne, als könne er nicht länger mehr die Last des Kummers tragen.

All diese Veränderungen bemerkte ich in Selmas Antlitz, empfand sie aber als eine vorüber ziehende Wolke, die den Mond verdeckt und ihn dadurch noch schöner macht. Ein Blick, der starke innere Anspannung verrät, verleiht einem Gesicht noch mehr Charakter, selbst wenn er sehr viel Qual und Unglück offenbart. Dagegen besitzt ein Antlitz, das keinerlei Geheimnisse birgt, auch keine Schönheit, selbst wenn die äußeren Züge ganz ebenmäßig wirken. Ein Kelch verlockt keine Lippen zum Trinken, wenn man nicht durch sein Kristall hindurch die Farbe des Weins zu erkennen vermag.

An diesem Abend glich Selma einem Kelch mit himmlischem Wein, der aus der Bitternis und der Süße des Lebens gekeltert wurde. Ohne sich dessen bewusst zu sein, geriet sie zur Symbolfigur für die orientalische Frau, die das Elternhaus verlassen muss, um danach das schwere Joch ihres Gatten auf dem Nacken zu tragen, und die, sobald sie aus den liebevollen Armen der Mutter genommen wird, wie eine Sklavin lebt und die strenge Hand des Gatten erdulden muss. Während ich Selma immerzu anblickte und ihren Klagen zuhörte, litt ich mit ihr und hatte schließlich das Empfinden, Raum und Zeit wären aufgehoben. Ich nahm nur noch zwei große Augen wahr, die mich unverwandt anschauten, und fühlte nichts außer ihrer kalten, zitternden Hand, die in der meinen lag.

Aus diesem Zustand erwachte ich erst, als Selma plötzlich ganz ruhig sagte: »Komm, Geliebter, wir wollen über unsere Zukunft sprechen, ehe sie mit all ihren Schrecken über uns hereinbricht. Mein Vater hat gerade das Haus verlassen, um den Mann zu treffen, der mich bis ans Ende meines Lebens begleiten wird. Der Mann, den Gott zum Urheber meines Lebens ausersehen hat, wird mit dem Mann zusammenkommen, den die Welt als meinen zukünftigen Herrn bestimmt hat. Der alte Mann, der mich in der Jugend begleitet hat, und der junge, der in den kommenden Jahren mein Gefährte sein soll, werden sich in der Stadt begegnen, und heute Abend werden beide den Hochzeitstermin festsetzen.

Welch merkwürdige und eindrucksvolle Stunde! In der vergangenen Woche saßen wir ebenfalls um diese Zeit unter dem Jasmin. Zum ersten Mal wurde mein Herz von der Liebe ergriffen, während im Palast des Bischofs das Schicksal bereits die ersten Worte meiner Lebensgeschichte niederschrieb. Und während mein Vater und mein Verlobter den Hochzeitstag bestimmen, umflattert mich deine Seele wie ein durstiger Vogel, auf den an der Quelle eine hungrige Schlange lauert. Wie seltsam ist diese Nacht! Welch tiefes Geheimnis birgt sie in sich!«

Als ich ihre Worte vernahm, wurde mir klar, dass der dunkle Schatten völliger Verzweiflung unsere Liebe erfasste, um sie in ihren Anfängen zu ersticken. »Dieser Vogel wird weiterhin über die Quelle flattern«, entgegnete ich, »so lange, bis er vor Durst umkommt oder bis er ein Opfer der Schlange wird.« Darauf erwiderte sie: »Nein, Geliebter! Diese Nachtigall muss am Leben bleiben und bis zum Tagesanbruch singen, so lange, bis der Frühling vorbei ist, bis die Welt untergeht. Sie muss singen in alle Ewigkeit, und ihr Lied darf niemals enden, denn es spendet meinem Herzen das Leben.

Und die Flügel der Nachtigall dürfen nicht aufhören zu flattern, denn nur so vertreiben sie die Wolken von meiner Seele.«

»Meine geliebte Selma«, flüsterte ich, »der Durst wird sie schwächen und die Angst wird sie töten.« Mit bebenden Lippen sprach sie nun: »Der Durst der Seele ist süßer als irdischer Wein und die Angst des Herzens kostbarer als die Sicherheit des Leibes. Höre jedoch, Geliebter, höre gut zu! Heute stehe ich am Beginn eines neuen Lebens, über welches ich nichts weiß. Ich bin wie ein Blinder, der seinen Weg ertasten muss, um nicht zu fallen. Meines Vaters Reichtum hat mich auf den Sklavenmarkt gebracht, und dieser Mann hat mich gekauft. Ich erkenne ihn nicht und liebe ihn nicht, aber ich werde lernen, ihn zu lieben, ich werde ihm gehorchen, ihm dienen und werde versuchen, ihn glücklich zu machen. Ich werde ihm alles geben, was eine schwache Frau einem starken Mann zu geben vermag. Du, Geliebter, stehst in der Blüte deines Lebens. Du kannst in Freiheit wandeln auf einem langen Pfad, der von Blumen gesäumt ist. Du kannst die Welt unbeschwert erforschen und aus deinem Herzen eine Fackel werden lassen, die deinen Weg beleuchtet. Du kannst frei denken, sprechen und handeln und darfst deinen Namen dem Leben ins Gesicht schreiben, denn du bist ein Mann. Du kannst als Herr leben, denn deines Vaters Reichtum hat dich nicht auf einen Sklavenmarkt gestellt, wo du verkauft und gekauft werden sollst. Du kannst die Frau deiner Wahl heiraten und wirst sie, ehe sie in dein Haus zieht, in deinem Herzen wohnen lassen und ihr ohne Rückhalt vertrauen.«

Nach einer kurzen Pause fuhr sie fort: »Ist jetzt der Augenblick gekommen, da uns das Leben auseinander reißt, und dir deine Stellung als Mann, mir aber die Pflichten einer Frau zuteilt? Versinkt das Lied der Nachtigall in den Tiefen des Tales, verstreut der Wind die Rosenblätter, und zertrampeln die Füße das Weinglas? Waren die Nächte, die wir im Mondenschein unter dem Jasmin verbrachten, umsonst? Schwangen wir uns zu den Sternen empor, bis unsere Flügel müde wurden, um nun in den Abgrund zu stürzen? Oder schlief die Liebe und wurde ärgerlich, weil sie geweckt wurde, so dass sie beschloss, uns zu bestrafen? Verwandelten unsere Seelen den Nachtwind in einen Sturm, der uns in Stücke riss und wie Staub in die Tiefe wirbelte? Wir widersetzten uns doch keinem Gebot und kosteten keine verbotenen Früchte; warum werden wir nun aus dem Paradies vertrieben? Wir zettelten keine Verschwörung an und verursachten keinen Aufruhr; warum müssen wir nun in die Hölle hinab? Nein, nein, die Augenblicke, die uns vereinten, sind mächtiger als die Jahrhunderte, und das Licht, das unsere Seelen erhellte, überwindet die Dunkelheit; und wenn uns auch der Sturm auf dem bewegten Meere trennt, werden uns danach die ruhigen Wellen an der Küste wieder vereinen. Sollten wir aber durch das Leben umkommen, werden wir im Tode wieder zusammen sein.

Das Herz einer Frau verändert sich nicht mit den Jahreszeiten und nicht mit den Jahren. Selbst wenn es unaufhörlich stirbt, wird es niemals zugrunde gehen. Das Herz einer Frau gleicht dem Feld, das in ein Schlachtfeld verwandelt wurde; wenn auch die Bäume entwurzelt sind, das Gras verbrannt, der Boden mit Blut getränkt und mit Skeletten und Totenschädeln übersät ist, schlägt es ruhig und still weiter, als ob nichts geschehen wäre. Denn der Frühling und der Herbst kommen zu ihrer Zeit und erledigen ihre Arbeit. Was sollen wir nun tun, Geliebter? Auf welche Weise trennen wir uns, und wann sehen wir uns wieder? Sollen wir die Liebe als einen fremden Gast betrachten, der am Abend kam und uns am Morgen wieder verließ, oder sollen wir dieses Gefühl als einen Traum ansehen, der uns im Schlaf erschien und verschwand, als wir erwachten? Sollen wir diese Woche als eine Stunde voll Trunkenheit nehmen, die der Ermüdung weichen muss?

Geliebter, lass mich dir in die Augen sehen! Öffne den Mund, und lass mich deine Stimme hören! Sag mir, wirst du meiner noch gedenken, wenn dieser Sturm das Schiff unserer Liebe versenkt haben wird? Kannst du in der stillen Nacht das Flattern meiner Flügel wahrnehmen? Wirst du meine Seele spüren, wenn sie über dir schwebt, und wirst du meine Seufzer hören? Vermagst du meinen Schatten zu sehen, wenn er sich in der Dunkelheit nähert und mit der Morgenröte verschwindet?

Sag mir, Geliebter, was wirst du für mich sein, nachdem du in meinen Augen ein Zauberstrahl, in meinen Ohren ein liebliches Lied und für meine Seele die Flügel warst? Was wirst du dann für mich sein?«

Bei ihren Worten zerfloss mein Herz, und ich antwortete ihr: »Ich werde das sein, was du dir wünschst, Geliebte.«

Daraufhin sagte sie: »Ich möchte, dass du mich so liebst wie ein Dichter seine melancholischen Gedanken. Ich möchte, dass du dein Gedenken an mich so bewahrst wie ein Wanderer, der sich an einen ruhigen Teich erinnert, in dem sich sein Gesicht widerspiegelte, als er daraus trank. Ich möchte, dass du an mich denkst wie eine Mutter an ihr Kind, das starb, ehe es das Licht der Welt erblickte; und ich möchte, dass du dich meiner erinnerst wie ein gnädiger König, dem ein Gefangener in den Sinn kommt, welcher zu Tode kam, bevor seine Begnadigung ihn erreichte. Ich wünsche mir, dass du mein Freund bleibst und dass du meinen Vater besuchst und ihm in seiner Einsamkeit beistehst, denn bald werde ich ihn verlassen müssen und werde eine Fremde für ihn sein.«

»Selma, ich werde alles tun, was du dir gewünscht hast«, versprach ich ihr. »Ich werde aus meiner Seele eine Zufluchtsstätte für die deine machen, aus meinem Herzen einen Palast für deine Schönheit und aus meiner Brust ein Grab für deine Trauer. Ich werde dich lieben wie die Felder den Frühling lieben, und ich werde in dir leben wie eine Blume unter den Strahlen der Sonne. Ich werde deinen Namen erklingen lassen, so wie die Täler das Echo der Kirchenglocken weitergeben. Ich werde den Worten deiner Seele lauschen, so wie die Küste dem Gesang der Wogen zuhört. Ich werde an dich denken wie ein Fremdling an die geliebte Heimat, wie ein Hungriger an ein Festmahl, wie ein entthronter Herrscher an die Tage seiner Macht und wie ein Gefangener an die Freiheit. Ich werde an dich denken wie ein Bauer an die Weizengarben in seiner Scheune und wie ein Schäfer an die grünen Felder und munteren Bächlein.«

Selma lauschte meinen Worten und klopfendem Herzen und sagte dann: »Morgen wird die Wirklichkeit nur noch ein Schatten sein und das Wachsein ein Traum. Kann es einem Liebenden genügen, einen Schatten zu umarmen, und kann ein Verdurstender aus einer Quelle, die nur ein Traum ist, seinen Durst stillen?«

»Morgen«, antwortete ich, »wird das Schicksal dich in eine

Welt voll Kampf und Krieg versetzen. Du wirst im Hause eines Mannes leben, der durch deine Tugend und Schönheit die Gunst des Schicksals erfahren hat, während ich ein Dasein voll Leid und Angst führen werde. Du wirst ins Leben eintreten, ich aber werde das Tor des Todes durchschreiten. Du wirst gastlich aufgenommen, während ich allein bleibe. Aber ich werde im Tal des Todes ein Standbild der Liebe und Verehrung errichten. Die Liebe wird mein einziges Gut sein, und ich werde sie wie Wein genießen und in sie schlüpfen wie in ein Kleid. Am frühen Morgen wird sie mich aus dem Schlummer wecken und in die Welt hinausführen, am Mittag wird sie mir schattige Bäume zeigen, unter denen ich zusammen mit den Vögeln vor der glühenden Sonne Schutz finden werde. Am Abend aber, ehe die Sonne untergeht, wird sie mir Gelegenheit geben, dem Abschiedslied der Natur zu lauschen, das diese dem scheidenden Tag singt, und sie wird mir die Schatten der Wolken zeigen, die am Himmel segeln. Nachts, wenn ich schlafe, wird mich diese Liebe in die Arme nehmen, und ich werde von himmlischen Gefilden träumen, wo die Seelen der Liebenden und der Dichter wohnen. Im Frühling werde ich an der Seite der Liebe zwischen Veilchen und Anemonen wandern und das geschmolzene Eis des Winters aus Lilienkelchen schlürfen. Im Sommer werden Heubündel unsere Kissen und weiche Gräser unser Bett sein; und der nachtblaue Himmel wird uns zudecken, wenn wir den Mond und die Sterne betrachten. Im Herbst werden die Liebe und ich gemeinsam durch die Weingärten streifen, wir werden uns bei den Keltern niederlassen und zusehen, wie die Reben ihren goldenen Schmuck ablegen; und über uns werden Vogelschwärme hinweg ziehen. Im Winter werden wir am Feuer sitzen und uns mit Geschichten aus alten Zeiten und Berichten von fernen Ländern die Zeit vertreiben. Während der Jugendzeit wird die Liebe mein Lehrmeister sein, in den mittleren Lebensjahren meine Stütze und im Alter meine Freude. Sie wird bis an das Ende meines Lebens bei mir bleiben und nach dem Tod, geliebte Selma, wird sie uns wieder vereinen.«

Diese Worte loderten aus der Tiefe meines Herzens wie Feuerflammen, die wie rasend aus der Glut schnellen und dann in der Asche verschwinden. Aus Selmas Augen tropften

Tränen, und es war, als würden sie mir anstelle der Lippen antworten.

Diejenigen, denen die Liebe keine Flügel schenkte, können nicht hinter den Wolken einherfliegen und in die Zauberwelt blicken, in der unsere beiden Seelen während dieser von Trauer erfüllten Stunde weilten. Diejenigen, welche die Liebe nicht zu ihrem Gefolge erwählt hat, vermögen ihren Ruf nicht zu hören, und diese Geschichte ist für sie ungeeignet. Selbst wenn sie diese Sätze verstehen sollten, wären sie nicht fähig, die tiefere Bedeutung, die nicht in Worten ausgedrückt werden kann und nicht auf dem Papier steht, zu begreifen.

Gibt es ein menschliches Wesen, das noch nie den Wein aus dem Kelch der Liebe gekostet hat? Welche Seele stand noch niemals in Ehrfurcht vor diesem erleuchteten Tempel, der mit den Herzen von Männern und Frauen gepflastert ist und über dem sich ihre geheimen Träume als Kuppel wölben? Gibt es Blumen, die niemals vom Tau der Morgendämmerung benetzt wurden, und hat jemals ein Bächlein seinen Weg zur See verloren?

Selma hob ihren Blick zu den Sternen am nächtlichen Firmament empor und streckte die Arme aus. Ihre Augen weiteten sich, und ihre Lippen zitterten. Von ihrem blassen Antlitz konnte man Trauer, Hoffnungslosigkeit und Bedrängnis ablesen, als sie ausrief: »O Gott, was hat die Frau getan, dass sie deinen Zorn so erregte? Welche Sünde hat sie begangen, um so bestraft zu werden? Welches Verbrechen trug ihr diese andauernde Züchtigung ein?

O Gott, du bist so stark, und ich bin schwach; warum lässt du mich solche Qualen erleiden? Du bist groß und allmächtig, ich aber bin nur ein winziges Geschöpf, das vor deinem Thron im Staub kriecht; warum zertrittst du mich mit deinem Fuß? Du bist ein gewaltiger Sturm, und ich bin ein Staubkorn; warum, mein Gott, hast du mich auf diese kalte Erde geblasen? Du bist im Besitz der Macht, ich aber stehe ohne Hilfe da; warum kämpfst du gegen mich? Du bist ohne Furcht, mich aber beherrscht die Angst; weshalb zerstörst du mich? Du hast die Frau um der Liebe willen erschaffen; warum vernichtest du sie durch die Liebe? Mit deiner Rechten hebst du sie empor, aber mit der Linken stürzt du sie in den Abgrund, und sie weiß nicht, warum. Du hauchtest ihr den Atem des Lebens ein, doch in ihr Herz pflanztest du die Saat des Todes. Du zeigtest ihr den Weg zum Glück, führst sie aber auf die Straße des Elends. Ein Freudenlied legtest du auf ihre Lippen, verschlossest aber dann ihren Mund mit der Trauer und legtest ihre Zunge in Fesseln. Mit Zauberfingern heilst du ihre Wunden, doch mit harten Händen schlägst du sie während ihrer Vergnügungen. Auf ihr Lager bettest du Freude und Frieden, umstellst es jedoch mit Furcht erregenden Hindernissen. Durch deinen Willen werden Leidenschaft in ihr erweckt, die Schande nach sich ziehen. Du zeigst ihr die Schönheit der Schöpfung und lässt danach ihre Liebe zur Schönheit verkümmern. Du hältst im Kelch des Todes das Leben für sie bereit und im Kelch des Lebens den Tod. Du reinigst sie im Bad ihrer Tränen, jedoch mit ihren Tränen verströmt ihr Leben.

O Gott, du hast mir durch die Liebe die Augen geöffnet, aber durch die Liebe ließest du mich erblinden. Du hast mich mit deinen Lippen geküsst und mit deiner harten Hand geschlagen. Du hast in mein Herz eine weiße Rose gepflanzt, die du hernach mit einer Dornenhecke umgabst. Du hast meine Gegenwart mit der Seele eines Jünglings verbunden, den ich liebe, mein Leben aber mit dem Körper eines unbekanntes Mannes. Steh mir bei, o Herr, in diesem tödlichen Kampf, und hilf mir, treu und rein zu blieben bis in den Tod. O Herr und Gott, es geschehe dein Wille!«

Selma schwieg. Blass und erschöpft senkte sie die Augen, ließ die Arme hängen und neigte den Kopf. Sie glich einem Ast, den der Sturm vom Baum gebrochen und auf den Boden geworfen hat, wo er zertreten werden wird. Ich ergriff ihre kalte Hand und küsste sie. Dann versuchte ich, sie zu trösten, doch ich bedurfte des Trostes noch mehr als sie. Schweigend überdachte ich unsere Lage und spürte das Pochen meines Herzens. Keiner von uns war imstande, etwas zu sagen, denn übergroßes Leid macht stumm. So saßen wir in tiefem Schweigen wie versteinert da, zwei Marmorsäulen ähnlich, die bei einem Erdbeben unter dem Schutt begraben wurden. Keiner von uns wollte sich äußern, denn unsere Nervenfasern waren so dünn geworden, dass schon ein Atemzug sie zum Zerreißen hätte bringen können.

Es war Mitternacht geworden, und wir sahen den Mond hinter den Bergen aufgehen. Umgeben von den Sternen, glich er dem Antlitz eines Toten, das in einem schwarzen Sarg vom gedämpften Licht der Kerzen beschienen wird. Das Libanongebirge sah aus wie ein alter Mann mit gebeugtem Rücken und schlaflosen Augen, der in der Finsternis wacht und auf den Morgen wartet. Man hätte es auch mit einem König vergleichen können, der in den Trümmern seines Palastes auf den verkohlten Resten seines Thrones sitzt.

Berge, Bäume und Flüsse verändern ihre Erscheinungsform sowohl im Wechsel der Jahreszeiten als auch mit dem Lauf der Jahre. Ebenso verändert sich auch der Mensch infolge seines Schicksals und seiner Gefühle. Die hohe Pappel, die tagsüber wie eine Braut aussieht, gleicht am Abend einer Rauchsäule; der gewaltige Felsen, der mittags unüberwindlich dasteht, wird nachts wie ein Bettler erscheinen, dessen Lager die Erde und dessen Decke der Himmel ist. Und das Bächlein, das am Morgen silbrig glänzend sein Lied singt, wird am Abend zu einem Gießbach von Tränen, der wie eine Mutter klagt, der man ihr Kind weggenommen hat. Auch das Libanongebirge, das eine Woche früher unter dem Vollmond in Würde und Erhabenheit dastand, schien mir in dieser Nacht einsam und brüchig geworden zu sein.

Schließlich erhoben wir uns und sagten Lebewohl, aber Liebe und Verzweiflung standen wie geflügelte Gespenster zwischen uns, griffen mit ihren Krallen nach unseren Kehlen, und während das eine in Tränen zerfloss, brach das andere in ein grässliches Gelächter aus.

Als ich Selmas Hand ergriff und an meine Lippen führte, schmiegte sie sich an mich und küsste mich auf die Stirn. Danach ließ sie sich auf die Bank fallen, schloss die Augen und flüsterte: »Mein Herr und Gott, erbarme dich und heile meine gebrochenen Schwingen!«

Ich ließ Selma im Garten allein zurück, und mir war, als senkte sich ein dichter Schleier auf meine Sinne, so wie Nebel die Wasserfläche eines Sees bedeckt. Die Schönheit der Bäume, das Mondlicht, die unendliche Stille, alles um mich herum erschien mir abstoßend und Furcht erregend. Das überirdische Licht, das mir ehedem die Wunder der Schöpfung gezeigt hatte, war zur riesigen Feuerflamme geworden, die mir das Herz verbrannte; und der Klang der Ewigkeit, den ich einst vernahm, wurde zum Schrei, der fürchterlicher war als das Brüllen eines Löwen.

Als ich in meine Wohnung kam, fiel ich wie ein vom Jäger angeschossener, verwundeter Vogel auf mein Lager und wiederholte Selmas Worte: »Mein Herr und Gott, erbarme dich und heile meine gebrochenen Schwingen!«

Vor dem Thron des Todes

In der heutigen Zeit erhält eine Verheiratung häufig den Anstrich eines lächerlichen Geschäfts, dessen Abwicklung in den Händen des Bräutigams und der Brauteltern liegt. Meistens sind dabei die jungen Männer die Gewinner, während die Eltern auf der Verliererseite stehen. Die Braut aber wird als eine Ware angesehen, die gekauft und von einem Haus ins andere geliefert wird. Im Laufe der Jahre, wenn ihre Schönheit verblasst ist, wird sie dann wie ein altes Möbelstück in einem finsteren Winkel abgestellt.

Die moderne Zivilisation hat die Frau ein wenig klüger werden lassen, hat aber ihr Leiden infolge der erhöhten Forderungen der Männer noch vergrößert. Während die Ehefrau von gestern noch eine glückliche Dienerin war, ist sie heute eine unglückliche Herrin. Gestern bewegte sie sich mit geschlossenen Augen im Tageslicht, heute läuft sie mit offenen Augen im Finstern herum. Sie war schön in ihrer Unwissenheit, vollendet in ihrer Schlichtheit und stark in ihrer Schwäche. Heute ist sie hässlich geworden durch ihre Bildung, oberflächlich und herzlos mit all ihrem Wissen. Wird je der Tag kommen, an dem Schönheit und Wissen, Vielseitigkeit und Tugend, körperliche Schwäche und geistige Stärke in einer Frau vereint sein werden?

Ich zähle mich zu denen, die glauben, dass geistiger Fortschritt ein Gesetz des menschlichen Lebens ist; jedoch der Weg zur Vollkommenheit ist schwierig und kann nur langsam zurückgelegt werden. Wenn die Frau auf der einen Seite mehr Ansehen gewinnt, andererseits aber viel dabei einbüßt, so ist das dem Umstand zuzuschreiben, dass ihr an dem steilen Pfad zum Gipfel Räuber und Wölfe auflauern. Dieses eigenartige Geschlecht lebt zwischen Träumen und Wachen und hält die Reste der Vergangenheit und die Saat der Zukunft in Händen; und in jeder Stadt lebt mindestens eine Frau, welche ein Sinnbild für diese Zukunft abgibt.

In Beirut war Selma Karamy das Symbol einer orientalischen Frau von morgen. Doch wie viele andere, die ihrer Zeit voraus sind, wurde auch sie ein Opfer der Gegenwart. Und wie eine vom Stiel gerissene Blüte, die von der Strömung des Flusses mitgerissen wird, reihte sie sich ein in den Leidenszug der Unterdrückten.

Mansour Bey Galib und Selma wurden getraut und bezogen ein schönes Haus in einem Stadtviertel von Beirut, in dem viele wohlhabende und angesehene Leute wohnten. Farris Karamy blieb allein und lebte in seinem Haus inmitten der Gärten wie ein einsamer Schäfer bei seiner Herde.

Die Hochzeitsfeierlichkeiten gingen vorüber, und auf die fröhlichen Festtage folgten Wochen mit bitteren Erfahrungen, so wie nach siegreichen Schlachten Totenschädel und Gerippe liegen bleiben. Die Prachtentfaltung einer orientalischen Hochzeit versetzt die jungen Männer und Frauen in den Himmel der Seligkeit, aber am Ende des Festes stürzen sie hinab wie Mühlsteine, die auf den Meeresgrund fallen. Ihre Heiterkeit gleicht den Spuren im Sand, die nur so lange bleiben, bis sie von den Wogen weggespült werden.

Die Frühlingstage gingen vorbei, ebenso der Sommer und der Herbst, aber meine Liebe zu Selma wuchs von Tag zu Tag und ging schließlich in eine Art stummer Anbetung über, in ein Gefühl, wie es eine Waise seiner in der Ewigkeit weilenden

Mutter gegenüber empfindet. Meine Sehnsucht wandelte sich in eine Trauer, die nur sich selbst sah, und die Leidenschaft, die meinen Augen Tränen entlockt hatte, wurde abgelöst von einer Verwirrtheit, die mir das Blut aus den Adern sog. Meine Seufzer wurden zu einem immer währenden Gebet, in dem ich um Glück für Selma und ihren Gatten flehte und um Frieden für ihren Vater. Jedoch mein Hoffen und mein Gebet waren vergebens, denn Selmas Unglück war ein innerliches Leiden, das nur der Tod heilen konnte.

Mansour Galib war ein Mann, dem alle Annehmlichkeiten des Lebens in den Schoß fielen; dennoch war er unzufrieden und nur auf Gewinn bedacht. Kaum war er mit Selma vermählt, kümmerte er sich nicht mehr um ihren einsamen Vater und wünschte ihm sogar den Tod, um in den Genuss der reichen Erbschaft zu gelangen. Sein Charakter war dem seines Onkels sehr ähnlich. Der einzige Unterschied zwischen den beiden Männern war, dass der Bischof alle seine dunklen Geschäfte mit seinem geistlichen Gewand und dem goldenen Kreuz auf der Brust tarnte, während der Neffe in aller Öffentlichkeit handelte. Der Bischof ging morgens zur Kirche und verbrachte den

Rest des Tages damit, die Witwen, Waisen und geistig Behinderten zu bestehlen. Am Sonntag verkündete er das Evangelium, aber an den Wochentagen setzte er seine Predigten keineswegs in die Tat um, sondern beschäftigte sich mit örtlichen Intrigen. Sein Neffe Mansour befasste sich hauptsächlich mit der Befriedigung seiner Begierden, und aufgrund des Ansehens und Einflusses seines Onkels sicherte er denjenigen, die ausreichende Bestechungsgelder boten, politischen Einfluss zu. Bischof Bulos war ein Dieb, der sich unter dem Schutzmantel der Nacht versteckte, sein Neffe aber war ein Betrüger, der hochmütig seine Verbrechen sogar bei Tageslicht ausführte. Leider vertrauten die orientalischen Völker oft solchen Wölfen und Schlächtern, die das Land infolge ihrer Habgier zugrunde richten und seine Bewohner mit eiserner Faust zermalmen.

Aber wozu bedecke ich diese Seite mit Worten über die Verräter an einem armen Volk, anstatt sie für die Geschichte einer leidenden Frau mit gebrochenem Herzen freizuhalten? Warum vergieße ich Tränen über unterdrückte Menschen, statt sie für das Andenken an eine Frau zu bewahren, deren Leben in die Fangzähne des Todes geriet?

Könnte man aber diese Frau nicht als Symbol für ein Land ansehen, das von Priestern und Machthabern beherrscht wird? Ist eine verhinderte Liebe, durch die eine Frau ins Grab getrieben wird, nicht auch ein Zeichen für die Hoffnungslosigkeit der Bevölkerung? Eine Frau bedeutet für ein Land dasselbe, was das Licht für eine Lampe bedeutet. Und wenn das Öl in der Lampe versiegt, wird das Licht trübe.

Der Herbst neigte sich seinem Ende zu, der Wind blies die gelben Blätter von den Bäumen und bereitete den Einzug des Winters vor, der sich mit Geheul und Gekreisch ankündigte. Ich wohnte noch in Beirut und hatte nur meine Träume zur Gesellschaft, und sie hoben meine Seele bald in den Himmel empor, bald vergruben sie sie in den Tiefen der Erde. Eine trauernde Seele findet Trost in der Einsamkeit; daher meidet sie die Menschen. Sie handelt wie ein verwundetes Reh, das seine Herde verlässt und allein in einer Höhle lebt, bis es entweder genesen ist oder stirbt.

Eines Tages erfuhr ich, dass Farris Karamy krank sei, und machte mich sogleich auf den Weg zu seinem Haus. Dabei vermied ich die lärmerfüllte, belebte Hauptstraße und nahm einen anderen Weg als früher, einen einsamen Pfad, der zwischen Olivenbäumen hindurchführte. Als ich das Haus betrat, fand ich ihn blass und schwach im Bett liegen. Seine Augen waren eingesunken und glichen zwei tiefen Höhlen, in denen quälende Gespenster hausten. Das Lächeln, das stets seine Züge erhellt hatte, war dem Ausdruck von tiefem Leid und Gram gewichen. Die Knochen seiner schlanken Hände waren wie nackte Äste, die vor dem beginnenden Sturm zittern.

Als ich an sein Bett trat, um mich nach seinem Befinden zu erkundigen, wandte er mir sein bleiches Gesicht zu, und auf seine welken Lippen trat ein schwaches Lächeln. Mit kaum hörbarer Stimme flüsterte er: »Mein Sohn, geh ins andere Zimmer hinüber und tröste Selma. Hole sie her, und setzt euch beide an mein Bett.« Ich ging ins Nebenzimmer, wo Selma auf einem Diwan lag und ihren Kopf mit den Armen umfasst hielt. Sie hatte das Gesicht in ein Kissen vergraben, damit ihr Vater sie nicht weinen hörte. Langsam trat ich näher und rief sie seufzend bei ihrem Namen. Erschrocken, als wäre sie gerade aus einem Traum erwacht, drehte sie sich um, richtete sich auf und sah mich mit starren Augen an, als erblicke sie kein lebendiges Wesen, sondern einen Geist.

Nach längerem Schweigen, das uns auf den Flügeln der Erinnerung in die Stunde unseres Liebesglücks zurücktrug, wischte sie ihre Tränen weg und sagte: »Sieh nur, wie uns die Zeit verwandelt hat! Wie sie unseren Lebensweg veränderte und uns in diesen Trümmern zurückließ! An diesem Ort vereinte uns der Frühling in dem Band der Liebe, und jetzt treffen wir uns hier vor dem Thron des Todes. Wie schön war der Frühling, und wie grauenvoll ist dieser Winter!« Während sie sprach, bedeckte sie ihr Gesicht abermals mit den Händen, als wolle sie ihre Augen vor dem Blick in die Vergangenheit bewahren. Ich legte meine Hand auf ihr Haar und sagte tröstend: »Komm, Selma, wir wollen dem Sturm trotzen wie zwei starke Türme. Wir wollen standhaft bleiben wie tapfere Soldaten, die vor dem Feind stehen und in seine Waffen schauen. Werden wir getötet, so sterben wir als Märtyrer; siegen wir, dann leben wir als Helden weiter. Hindernisse zu überwinden und Bedrängnissen mutig zu begegnen, ist ehrenhafter als der Rückzug in sichere Geborgenheit. Der Schmetterling, der die

Lampe umflattert, bis er stirbt, verdient mehr Bewunderung als der Maulwurf in seinem finsteren Gang. Komm, Selma, lass uns mutig den steinigen Weg betreten und der Sonne entgegenblicken, damit wir die Totenschädel neben den Felsen und die Schlangen im Dorngebüsch nicht sehen. Wenn uns die Angst auf halbem Wege aufhält, werden wir nur die spöttische Stimme der Nacht hören; wenn wir aber den Berggipfel erreichen, begegnen wir den himmlischen Geistern, welche Siegeshymnen und Freudenlieder anstimmen werden. Fasse Mut, Selma, wisch deine Tränen ab und verbanne die Trauer aus deinem Gesicht! Steh auf, wir gehen jetzt zu deinem Vater, und von dir hängt es nun ab, ob er am Leben bleibt, denn dein Lächeln ist für ihn die einzig wirksame Arznei.«

Zärtlich und liebevoll blickte sie mich an und sagte dann: »Du verlangst Festigkeit von mir und bist selbst verzweifelt. Verschenkt denn ein Hungriger sein Brot an jemanden, der ebenso hungert? Oder gibt ein Kranker einem anderen Kranken die Arznei, die er selbst benötigt?« Dann stand sie auf, neigte den Kopf, und wir gingen gemeinsam in das Zimmer ihres Vaters, wo wir uns an sein Bett setzten. Selma rang sich ein Lächeln ab und schien gefasst zu sein, und auch ihr Vater machte den Eindruck, als fühle er sich besser und kräftiger. Aber jeder von beiden wusste um die Trauer des anderen und vernahm dessen unhörbare Seufzer. Sie waren zwei gleichwertige Kräfte, die sich in gegenseitigem Schweigen verzehrten. Das Herz des Vaters zerbrach über dem Unglück der Tochter, und die Tochter litt unter der Krankheit des Vaters. Indem die eine Seele sich von dieser Welt verabschiedete und die andere in tiefen Gram verfiel, begegneten sie der Liebe und dem Tod. Ich aber befand mich mit meinem eigenen verzweifelten Herzen zwischen beiden. Auf diese Weise waren wir drei Menschen, welche der Wille des Schicksals zuerst zusammengeführt und hernach zermalmt hatte: ein alter Mann, der einem von der Flut niedergerissenen Hause glich, eine junge Frau, die einer von der Sichel geköpften Lilie ähnlich war, und ein junger Mann, den man mit einem schwankenden Baum vergleichen konnte, den die schwere Last des Schnees zu Boden gedrückt hatte. Alle drei waren ein Spielzeug in der Hand der Vorsehung.

Mühevoll richtete sich Farris Karamy auf, streckte Selma die Hände entgegen und sagte voll Liebe und Zärtlichkeit: »Gib mir deine Hand, mein liebes Kind.« Sie legte ihre Hand in die seine, während er weiter sprach: »Ich habe lange genug gelebt und erntete die Früchte des Lebens in allen seinen Abschnitten. Als du drei Jahre alt warst, verlor ich deine Mutter, die dich mir als kostbarsten Schatz hinterließ. Ich überwachte deine Entwicklung und entdeckte in deinem Gesicht die Züge deiner Mutter, die sich widerspiegelten wie die Sterne auf der ruhigen Oberfläche eines Teiches. Du hast den Charakter, den Verstand und die Schönheit deiner Mutter geerbt, und sogar ihre Art zu sprechen und ihre Gebärden. Du warst im Leben mein einziger Trost, weil du bei jeder Bewegung und mit jedem Wort ihr Abbild gewesen bist. Nun bin ich alt geworden, und die sanften Flügel des Todes werden zu meiner letzten Ruhestätte. Sei getrost, ich werde nach meinem Tod in dir weiterleben! Wenn ich heute schon aufbreche, wird es nicht anders sein, als wenn ich morgen oder übermorgen gehe, denn unsere Tage sind vergänglich wie das Herbstlaub. Meine Todesstunde naht, und meine Seele möchte sich mit der Seele deiner Mutter vereinigen.« Sein Gesicht begann während dieser sanften und liebevollen Worte von innen her zu strahlen. Dann griff er unter sein

Kissen und zog ein kleines goldgerahmtes Bild hervor. Indem er seine Augen darauf heftete, sprach er: »Komm, Selma, sieh dir deine Mutter an.« Selma wischte sich die Tränen aus den Augen und blickte lange auf das Bild. Sie küsste es und rief: »O Mutter, geliebte Mutter!« Dann presste sie ihre zitternden Lippen darauf, als wollte sie ihm ihre Seele einhauchen.

Das schönste Wort, das Menschen je aussprechen können, ist das Wort »Mutter«, und die innigste Anrede für eine Frau ist »meine Mutter«. Es ist ein Wort der Hoffnung und der Liebe, ein zärtliches und gütiges Wort, das aus tiefstem Herzen kommt. Die Mutter bedeutet für unser Leben alles: Sie ist unser Trost in der Verzweiflung, unsere Hoffnung in der Kümmernis und unsere Stärke, wenn wir schwach sind. Sie ist die Quelle der Liebe und Güte, des Mitgefühls und der Vergebung. Wer seine Mutter verliert, verliert eine edle Seele, die ihn immerzu segnete und begleitete.

Auch in der Natur strebt alles der Mutter zu. So ist die Sonne die Mutter der Erde, welche durch deren Wärme ihre Fruchtbarkeit erhält. Niemals verlässt sie abends den Horizont, ohne ihr Kind unter der Musik des Meeres und dem Gesang der Vögel zur Ruhe zu bringen. Die Erde wiederum ist die Mutter der Bäume und Blumen, die von ihr geboren, gestillt und entwöhnt werden. Und die Bäume und Blumen werden ihrerseits wieder Mütter durch ihre Samen und Früchte. So wird die Mutter zum Inbegriff allen Lebens, zur unvergänglichen Seele und zur Quelle von Schönheit und Liebe.

Selma Karamy hatte ihre Mutter nicht gekannt, denn diese starb, als ihre Tochter ein kleines Kind war. Und doch brach Selma in Tränen aus, als sie das Bild anschaute, und »O Mutter« rief. Das Wort Mutter wurzelt tief in unseren Herzen und drängt in Stunden der Trauer und des Glücks zu den Lippen empor wie der Duft, der aus dem Innern einer Rose in die klare Luft oder in den Nebel steigt.

Selma blickte das Bild ihrer Mutter lange an, küsste es mehrere Male und sank dann neben dem Bett des Vaters zu Boden. Farris Karamy legte beide Hände auf ihren Scheitel und sprach: »Mein liebes Kind, ich habe dir das Bild deiner Mutter nur auf einem Blatt Papier gezeigt. Wenn du mir nun zuhörst, wirst du auch ihre Worte vernehmen.« Selma hob den Kopf wie ein junger Vogel im Nest, wenn er den Flügelschlag seiner

Mutter hört, und aufmerksam lauschte sie den Worten ihres Vaters. Und dieser erzählte: »Deine Mutter verlor ihren Vater, als du noch ein Säugling warst. Sie weinte und war sehr betrübt über den Verlust, bewahrte aber trotzdem ihre Vernunft und ihre Fassung. Nach der Beerdigung setzte sie sich in diesem Zimmer zu mir, nahm meine Hand und sprach: ›Farris, mein Vater ist nun tot, und du bist mein einziger Trost auf dieser Welt. Die Empfindungen des Herzens sind wie die Äste einer Zeder. Wenn der Baum einen starken Ast verliert, wird er leiden, aber er wird darüber nicht zugrunde gehen, sondern seinen ganzen Saft dem nächsten Ast spenden, so dass dieser wachsen kann und den leeren Platz ausfüllen wird.‹ Das waren die Worte deiner Mutter, als ihr Vater starb. Und wenn nun der Tod meinen Körper zu seiner Ruhestätte bringt und meine Seele der Obhut Gottes anvertraut, sollst du dasselbe sagen.«

Unter Tränen antwortete Selma: »Als Mutter ihren Vater verlor, nahmst du seinen Platz ein; wer aber bleibt bei mir, wenn ich dich verliere? Sie befand sich unter der liebevollen und treuen Fürsorge ihres Gatten und fand Trost bei ihrer kleinen Tochter; aber wer wird mich trösten, wenn du weggehst? Du warst mir Vater und Mutter zugleich und der Gefährte meiner Jugend.« Nach diesen Worten blickte sie mich an, und indem sie mit der Hand meine Schulter berührte, fuhr sie fort: »Das ist der einzige Freund, der mir bleibt, wenn du mich verlässt. Aber wie soll er mich trösten, wenn er doch genauso leidet wie ich? Kann denn ein gebrochenes Herz bei einer enttäuschten Seele Trost finden? So wie ein Vogel mit gebrochenen Schwingen nicht mehr zu fliegen vermag, kann ein Trauernder vom Gram eines anderen nicht aufgerichtet werden. Gewiss ist er der Freund meiner Seele, aber ich habe ihm eine schwere Last aufgebürdet und seinen Blick mit meinen Tränen getrübt, so dass er nichts als Finsternis um sich herum bemerkt. Er ist mein Bruder, den ich aufrichtig liebe, aber als Bruder teilt er meine Trauer und macht dadurch meine Tränen noch schmerzlicher und meine Seele noch bekümmerter.«

Selmas Worte ließen mein Herz fast zerspringen, und ich fühlte, dass ich es nicht länger mehr ertragen konnte. Farris Karamy hatte ihr bedrückt zugehört, und während seine Seele bereits wie die Flamme einer Kerze im Winde zitterte, sagte er: »Lass mich in Frieden aus dieser Welt scheiden, mein Kind. Ich habe die Stäbe dieses Käfigs schon zerbrochen. Lass mich davonfliegen und halte mich nicht auf, denn deine Mutter ruft nach mir. Der Himmel ist klar, und das Meer ist ruhig. Das Boot ist bereit, abzulegen, drum halte meine Reise nicht auf. Mein Leib möchte bei denen ruhen, die bereits Ruhe gefunden haben. Lass mich diesen Traum beenden, auf dass mein Geist im Morgenrot erwache. Lass deine Seele die meine umfassen, und gib mir den Kuss der Hoffnung. Weine nicht über meinem Grab, du könntest den Blumen die Nahrung verderben. Vergieße auch über meinen Händen keine Tränen, sie könnten als Dornen aus meinem Grab wachsen. Und male keine Sterbezeichen auf meine Stirn, denn der Wind könnte sie lesen und sich weigern, meine zu Staub gewordenen Gebeine auf die grünen Felder hinauszutragen. Mein Kind, ich habe dich im Leben geliebt und werde dich auch im Tode lieben. Mein Geist wird immer über dir wachen und dich beschützen.«

Danach richtete Farris Karamy das Wort an mich. »Mein Sohn«, sprach er, »sei Selma ein aufrichtiger Bruder, so wie es mir dein Vater war. Steh ihr bei und bleibe ihr Freund in der Not. Lass nicht zu, dass sie trauert, denn wer meint, um die Toten trauern zu müssen, verfällt einem großen Irrtum. Heitere sie mit Geschichten auf, und singe für sie die Lieder des Lebens, damit sie ihren Kummer vergisst. Auch dein Vater möge meiner gedenken. Bitte ihn, dir von unserer gemeinsam verbrachten Jugend zu erzählen, und versichere ihm, dass ich ihn in seinem Sohne bis zur letzten Stunde meines Daseins geliebt habe.« Er schwieg, und ich bemerkte auf seinem Angesicht bereits die Blässe des Todes. Er schlug die Augen auf, sah uns beide an und flüsterte: »Ruft keinen Arzt, er würde mit seinen Arzneien meine Gefangenschaft nur verlängern. Die Tage der Knechtschaft sind nun zu Ende, und meine Seele strebt der himmlischen Freiheit entgegen. Holt auch keinen Priester her; seine Gebete können mich nicht retten, wenn ich ein Sünder war, und sie können mich auch nicht schneller in den Himmel bringen, wenn ich ohne Schuld gewesen bin. Der Wille des Menschen vermag den Willen Gottes nicht zu beeinflussen, genauso wie ein Sterndeuter den Weg der Sterne auch nicht verändern kann. Nach meinem Tod mögen Ärzte und Priester tun, was ihnen beliebt, denn mein Schiff wird weitersegeln, bis es seinen Bestimmungsort erreicht hat.«

Um Mitternacht schlug Farris Karamy zum letzten Mal die Augen auf und blickte seine Tochter an, die an seinem Bett kniete. Er versuchte, noch einmal zu sprechen, war aber nicht mehr dazu fähig, denn der Tod hatte seine Stimme bereits erlöschen lassen. Nur ein paar Worte vermochte er noch zu stammeln: »Die Nacht ist vorbei, so Selma, so Selma …« Dann senkte er das Haupt, und sein Antlitz erstarrte; auf seinen Lippen aber lag ein Lächeln, als er den letzten Atemzug tat.

Selma griff nach der Hand ihres Vaters, die bereits eiskalt war. Sie hob den Kopf und betrachtete sein vom Tod gezeichnetes Antlitz. Sie war so erstarrt, dass sie weder seufzen noch weinen konnte und zu keiner Bewegung fähig war. Eine Weile sah sie mit den Augen einer Statue auf ihren toten Vater, dann sank sie nieder, bis ihre Stirn den Boden berührte, und stammelte: »Herr, erbarme dich und heile unsere gebrochenen Schwingen!«

Farris Karamy war tot. Die Ewigkeit nahm seine Seele auf, und sein Leib wurde der Erde zurückgegeben. Mansour Bey Galib bemächtigte sich seiner irdischen Güter, und Selma blieb während ihres glücklosen und leidvollen Lebens eine

Gefangene. Ich aber gab mich der Trauer und meinen Tränen hin. Tage und Nächte hindurch hatte ich das Gefühl, die Beute eines Raubvogels zu sein. Immer wieder versuchte ich, mein Unglück zu vergessen, indem ich mich in Bücher und Schriften aus vergangenen Zeiten vertiefte. Aber es war wie der Versuch, mit Öl ein Feuer zu löschen, denn im Verlauf der Zeiten konnte ich ebenfalls nur Tragödien wahrnehmen und nichts anderes feststellen als Weinen und Klagen. Das Buch Hiob fesselte mich mehr als die Psalmen, und die Klagen des Jeremias zog ich dem Lied Salomons vor. Hamlet stand meinem Herzen näher als alle anderen Werke europäischer Dichter. So trübt die Verzweiflung unseren Blick und verstopft unsere Ohren, dass wir nichts anderes mehr sehen als die Schatten des Schicksals und außer dem Klopfen unseres aufgewühlten Herzens nichts anderes mehr hören.

Zwischen Christus und Ischtar

Inmitten der Gärten und Hügel, die vor den Hängen des Libanon um die Stadt Beirut liegen, steht ein kleiner antiker Tempel aus weißem Marmor, umgeben von Oliven- und Mandelbäumen. Obwohl er nur eine halbe Stunde von der Hauptstraße entfernt ist, besuchte ihn zur damaligen Zeit kaum jemand, der sich für alte Bauwerke und Ruinen interessierte, denn er stand an einem der vielen sehenswerten, aber verborgenen und vergessenen Orte im Libanon. Dieser Abgeschiedenheit ist es wohl zuzuschreiben, dass er eine Andachtstätte für fromme Beter und ein Zufluchtsort für einsame Liebende wurde.

Wer diesen Tempel betritt, wird mit einem alten phönizischen Relief konfrontiert, das an der Ostseite in den Stein gemeißelt wurde und Ischtar, die Göttin der Liebe und der Schönheit, darstellt. Sie sitzt auf einem Thron und wird von sieben unbekleideten Jungfrauen umringt, die ihre Blicke voll Ehrfurcht auf sie richten. Die erste trägt eine Fackel, die zweite ein Saiteninstrument, die dritte ein Weihrauchfass, die vierte einen Weinkrug; die fünfte hält einen Rosenzweig in der Hand, die sechste einen Lorbeerkranz und die siebente Pfeil und Bogen.

An der Wand daneben ist ein Bild zu sehen, das aus einer späteren Epoche stammt. Es zeigt den gekreuzigten Christus und zu seinen Füßen in tiefer Trauer seine Mutter und Maria Magdalena sowie zwei andere weinende Frauen. Dieses byzantinische Bildwerk dürfte im fünften oder sechsten Jahrhundert entstanden sein.*

Durch zwei runde Fenster in der gegenüberliegenden Westwand fallen die Sonnenstrahlen ein und direkt auf die beiden

---

* Durch die Altertumswissenschaften ist bekannt, dass die meisten christlichen Kirchen im Orient ursprünglich phönizische oder griechische Tempel waren. In Damaskus, Antiochia und Konstantinopel gibt es viele Bauwerke, auf deren Mauern heidnische Heldentaten dargestellt sind. Sie wurden oft zu Kirchen und später zu Moscheen umgebaut.

Bildnisse, so dass diese dann wie mit Gold überzogen erscheinen. In der Mitte des Tempels steht ein Marmorblock mit antiken Reliefs an den Seiten. Einige davon sind von verkrusteten Blutklumpen überdeckt und schwer zu erkennen. Man kann aber daraus schließen, dass die Menschen in der Antike auf diesem Stein Tiere opferten und sie mit wohlriechenden Essenzen und mit Wein und Öl übergossen.

Ansonsten gibt es in diesem kleinen Tempel nichts außer einer tiefen Stille, die den Lebenden das Mysterium der Göttin offenbart und ohne Worte von vergangenen Geschlechtern und vom Entwicklungsprozess der Religionen kündet. Solch eine Stätte versetzt den Dichter in eine Welt, die von seiner gegenwärtigen weit entfernt ist, und sie bestätigt den Philosophen in seiner Theorie, dass die Menschen als religiöse Wesen erschaffen wurden. Das Unsichtbare wurde ihnen zu einem Bedürfnis, und daher stellten sie es symbolisch dar und versinnbildlichten auf diese Weise ihre geheimen Sehnsüchte in Bezug auf Leben und Tod.

In diesem wenig bekannten Tempel kam ich einmal im Monat mit Selma zusammen. Wir verbrachten viel Zeit damit, die beiden eigenartigen Bilder anzusehen und über den gekreuzigten Christus nachzudenken, ebenso wie über die phönizischen Jungfrauen und Jünglinge, welche die Schönheit in Gestalt der Ischtar verehrten, indem sie vor deren Bildnis Weihrauch verbrannten und den Altar mit duftenden Essenzen besprengten. Von ihnen blieb nichts erhalten als der Name ihres Volkes, den die Zeit vor dem Angesicht der Ewigkeit nennt.

Es fällt schwer, die Erinnerung an jene Stunden unseres Zusammenseins schriftlich festzuhalten, an jene himmlischen Stunden, die erfüllt waren von Trauer, Qual und Verzweiflung, aber auch von Glückseligkeit und Hoffnung. Heimlich trafen wir uns in dem alten Tempel, dachten an die vergangenen Zeiten, besprachen die Gegenwart und blickten ängstlich in die Zukunft. Nach und nach tauchten aus der Tiefe unserer Herzen die verborgenen Geheimnisse auf, und wir klagten einander unsere Sorgen und Kümmernisse. Gegenseitig versuchten wir uns mit Illusionen und Hoffnungen und melancholischen Träumereien zu trösten. So wurden wir allmählich ruhiger, wischten die Tränen ab und begannen zu lächeln. Wir vergaßen alles um uns herum außer unserer Liebe, umarmten einander, und unsere Herzen flossen über vor zärtlicher Zuneigung. Selma küsste mich auf die Stirn und entfachte die Leidenschaft in meinem Herzen. Ich erwiderte ihren Kuss, und sie neigte ihren Hals und errötete wie die Spitzen der Berge, wenn sie die ersten Strahlen der Morgensonne streifen. Schweigend beobachteten wir den weit entfernten Horizont, wo die untergehende Sonne die Wolken golden färbte.

Unsere Gespräche beschränkten sich nicht nur auf unsere Liebe, sondern wir redeten auch über allgemeine Themen und tauschten unsere Meinungen darüber aus. Selma sprach oftmals über die Stellung der Frau in der Gesellschaft und vom Einfluss der Tradition auf den weiblichen Charakter, sie sprach auch über die Beziehung zwischen Mann und Frau sowie über die psychischen Leiden und die Laster, welche die Ehe bedrohen. Ich erinnere mich, wie sie einmal sagte: »Die Dichter und Schriftsteller versuchen, das wahre Wesen der Frau zu verstehen, aber bis zum heutigen Tag konnte noch keiner von ihnen die verborgenen Geheimnisse ihres Herzens ergründen, weil sie sie vorwiegend hinter dem Schleier ihrer Weiblichkeit ansehen und dabei nur Äußerlichkeiten wahrnehmen; oder aber sie betrachten sie mit der Lupe der Geringschätzung und entdecken dabei nur Schwäche und Unterwürfigkeit.«

Ein anderes Mal deutete sie auf die beiden Darstellungen an den Tempelmauern und sprach: »Im Herzen dieses Steins gibt es zwei Symbole, die das Wesen der Frau zeigen und das innerste Geheimnis ihrer Seele enthüllen, das sich zwischen Liebe und Leid bewegt, zwischen Mitgefühl und Hingabe, zwischen Ischtar auf dem Thron und Maria zu Füßen des Gekreuzigten. Der Mann erkauft sich Ehre und Ansehen, und die Frau bezahlt den Preis dafür.«

Von unseren heimlichen Treffen wusste niemand außer Gott und den Vögeln, die über den Tempel flogen. Selma fuhr in ihrem Wagen gewöhnlich bis zu dem Platz, der »Park des Pascha« genannt wird, und ging dann zu Fuss bis zum Tempel, wo ich schon sehnsüchtig auf sie wartete. Die Augen von Spähern fürchteten wir nicht und hatten auch kein schlechtes Gewissen. Der Geist, der im Feuer geläutert und in Tränen gereinigt wurde, ist darüber erhaben, was die Menschen als Schimpf und Schande bezeichnen. Er hat sich von den Gesetzen der Unterdrückung freigemacht, ebenso von den alten Überlieferungen, die den Gefühlen des menschlichen Herzens den Weg versperren. Stolz und ohne sich schämen zu müssen, kann er vor Gottes Thron treten.

Seit sieben Jahrtausenden lässt die menschliche Gesellschaft unrechtmäßige Vorschriften zu und versteht die Bedeutung der ursprünglichen und ewigen Gesetze nicht mehr. Auch das Auge gewöhnt sich an das trübe Licht der Kerzen und kann das Sonnenlicht dann nicht mehr ertragen. Seelische Leiden, die sich von einer Generation zur anderen vererbten, so dass sie bereits zu einem Teil der Menschheit wurden, werden von dieser aber nicht als krankhaft, sondern als natürliche Gegebenheiten angesehen. Entdecken die Menschen aber jemanden, der frei ist von den Erregern dieser Krankheit, halten sie ihn für schamlos und unehrenhaft.

Diejenigen, die schlecht von Selma Karamy denken, weil sie das Haus ihres Gatten verließ, um sich heimlich mit mir zu treffen, gehören zu jenen kranken und schwachsinnigen Menschen, welche auf die Gesunden herabsehen und sie als Rebellen bezeichnen. Sie gleichen den Insekten, die aus Angst vor dem Zertretenwerden nur im Dunkeln herumkriechen.

Der Gefangene, der aus seiner Zelle ausbrechen könnte, es aber nicht tut, ist ein Feigling. Selma, eine unschuldige Gefangene, war nicht dazu imstande, sich der Unterdrückung zu entziehen. Soll man sie tadeln, weil sie aus ihren Kerkerfenstern hinaus auf grüne Wiesen und in den weiten Himmel blickte? Kann man ihr Untreue gegenüber ihrem Gatten vorwerfen, weil sie sein Haus verließ, um mit mir bei Christus und Ischtar zu verweilen? Die Leute mögen sagen, was sie wollen. Selma hatte die Sümpfe überwunden, in welche andere Geister hinabgezogen werden, sie war in einer Welt angekommen, die vom Geheul der Wölfe und vom Zischen der Schlangen nicht mehr berührt wurde. Über mich können die Leute reden, was ihnen beliebt, denn die Seele, die dem Tod ins Angesicht geschaut hat, wird von Räuberfratzen nicht erschrecken. Ein Soldat, der über seinem Kopf die Schwerter blitzen sah und unter seinen Füßen Ströme von Blut erblickte, kümmert sich nicht um die Steine, die ihm von Straßenjungen nachgeworfen werden.

Die Aufopferung

An einem der letzten Junitage, als viele Menschen die Stadt verließen, um im Gebirge der Sommerhitze zu entgehen, begab ich mich wieder zu dem alten Tempel, um Selma dort zu treffen. Als ich angekommen war, setzte ich mich und wartete auf sie. Um mir die Zeit zu verkürzen, las ich in dem schmalen Band mit andalusischen Gedichten, den ich mitgebracht hatte, und rezitierte die Verse, die mich begeisterten und die Erinnerung an jene Könige, Sänger und Ritter in mir wachriefen, die unter Tränen und mit Leid im Herzen Abschied von Granada nahmen und ihre Paläste, Freunde und Zukunftspläne zurücklassen mussten.

Nach etwa einer Stunde sah ich Selma herankommen und sich dem Tempel nähern. Sie stützte sich auf ihren Sonnenschirm, als trüge sie alle Last der Welt auf ihren Schultern. Als sie den Tempel betrat und sich neben mich setzte, bemerkte ich eine seltsame Veränderung im Ausdruck ihrer Augen und war begierig, den Grund dafür zu erfahren.

Selma spürte, was in mir vorging. Sie legte die Hand auf mein Haar und sagte: »Komm näher, Geliebter, und lass mich meinen Durst stillen, denn die Stunde der Trennung ist gekommen!« – »Hat dein Gatte von unseren Treffen hier erfahren?«, wollte ich wissen, doch sie antwortete: »Er kümmert sich nicht um mich und weiß nicht, wie ich meine Zeit verbringe, denn er ist vollauf mit jenen armen Mädchen beschäftigt, die aus Armut in jene verrufenen Häuser getrieben werden, wo sie ihren Körper verkaufen für das Brot, das aus Blut und Tränen zubereitet wird.«

»Was hält dich dann ab, weiterhin in diesen Tempel zu kommen und in Ehrfurcht vor Gott neben mir zu sitzen? Wünscht denn deine Seele unsere Trennung?«, forschte ich weiter. Mit Tränen in den Augen antwortete sie: »Nein, Geliebter, meine Seele möchte gewiss keine Trennung, denn du bist ja ein Teil von mir. Meine Augen werden nicht müde, dich anzusehen, denn du bist ihr Licht. Jedoch wenn das Schicksal entschieden hat, dass ich den mühevollen Weg des Lebens in Fesseln zurücklegen soll, wie könnte ich dann einverstanden sein, dass du mein Los teilst? Ich kann dir nicht alles erzählen, denn meine Zunge ist von Schmerz gelähmt und stumm, und meine Lippen werden vom Siegel des Unglücks unter Verschluss gehalten und können sich nicht bewegen. Alles, was ich dir sagen kann, ist, dass ich befürchte, du könntest in dieselbe Falle geraten wie ich.«

Daraufhin fragte ich sie: »Was meinst du damit, Selma, und vor wem hast du Angst?« Sie bedeckte ihr Gesicht mit den Händen und sagte: »Der Bischof hat bereits entdeckt, dass ich einmal im Monat das Grab verlasse, in das er mich verbannt hat.«

»Weiß der Bischof, dass wir uns hier treffen?« forschte ich weiter, und sie erwiderte: »Wenn es so wäre, würde ich jetzt nicht hier sein. Aber er hat Verdacht geschöpft und hat alle Diener angewiesen, mich genau zu beobachten. Ich spüre, dass das Haus, in dem ich wohne, und die Wege, die ich betrete, insgeheim von vielen Augen überwacht werden, dass Finger auf mich zeigen und Ohren sich bemühen, das Flüstern meiner Gedanken zu verstehen.«

Eine kurze Weile war sie still und sprach dann unter Tränen weiter: »Ich fürchte mich nicht vor dem Bischof, denn wer im Begriff ist zu ertrinken, hat keine Angst vor der Nässe; aber ich bange um dich und habe Sorge, dass du ihm in die Falle gehst und seine Beute wirst. Du bist jung und so frei wie das Sonnenlicht. Mich kann das Schicksal, das mir bereits alle seine Pfeile in die Brust geschossen hat, nicht mehr erschrecken, dich aber könnte die Schlange in den Fuß beißen und daran hindern, den Gipfel des Berges zu erreichen, wo dich die Zukunft mit Ansehen und Freuden erwartet.«

Darauf antwortete ich ihr: »Derjenige, der nicht am Tag von Schlangen gebissen wurde und den die Wölfe in der Dunkelheit nicht überfielen, wird immerfort bei Tag und Nacht getäuscht werden. Höre, Selma, höre mir gut zu! Ist die Trennung wirklich die einzige Möglichkeit, der Niedertracht der Menschen und ihrer Gemeinheit zu entgehen? Bleibt uns der Pfad der Liebe für immer versperrt, und gibt es für uns nichts anderes als die Unterwerfung unter den Willen dieser Todesknechte?« – »Es gibt für uns nur Abschied und Trennung«, sagte sie.

Da erwachte mein Widerstandsgeist. Ich nahm ihre Hand und sagte erregt: »Wir haben uns lange genug nach dem Willen der Menschen gehalten. Von unserer ersten Begegnung an bis zu dieser Stunde haben wir uns von Verblendeten leiten lassen und mit ihnen ihre Götzen angebetet. Seit wir uns kennen, sind wir in der Hand des Bischofs nur Spielbälle gewesen, die er nach Belieben hin- und hergeworfen hat. Sollen wir uns bis zu unserem Tode seinem Willen unterwerfen? Schenkte Gott uns den Atem des Lebens, damit wir vom Fuß des Todes zertreten werden? Verlieh er uns die Freiheit, um aus ihr einen Schatten der Sklaverei zu machen? Derjenige, der das Feuer seines Geistes mit eigener Hand auslöscht, ist in den Augen des Himmels, durch den dieses Feuer entfacht wurde, ein Verräter. Und derjenige, der sich nicht gegen die Unterjochung auflehnt, begibt sich selbst ins Unrecht. Ich liebe dich, Selma, und du liebst mich auch. Die Liebe ist ein kostbarer Schatz, sie ist Gottes Geschenk an empfindsame und großmütige Seelen. Sollen wir diesen Schatz wegwerfen und ihn von den Schweinen zerwühlen und zertrampeln lassen? Sieh, diese Welt ist voll Wunder und Schönheit; weshalb verbringen wir unser Leben in diesem engen Schacht, den der Bischof und seine Helfershelfer für uns gegraben haben? Das Leben hält Glück und Freiheit für uns bereit; warum werfen wir nicht dieses schwere Joch von unseren Schultern ab, zerreißen die Fesseln an unseren Füßen und schreiten unbehindert dem Frieden entgegen? Steh auf, Selma, lass uns diesen kleinen Tempel mit Gottes gewaltigem Dom vertauschen! Wir wollen dieses Land, das von Knechtschaft und Engstirnigkeit regiert wird, verlassen und uns irgendwohin begeben, wo uns die Hände dieser Räuber nicht erreichen können. Lass uns im Schutz der Nacht zur Küste eilen und ein Schiff nehmen, das uns über das Meer bringt. Jenseits des Ozeans werden wir glücklich sein und in gegenseitigem Verstehen ein neues Leben beginnen. Zögere nicht, Selma, diese Minuten sind für uns kostbarer als Königskronen und erhabener als die Throne der Engel. Folgen wir der Lichtsäule, die uns den Weg aus dieser Wüste zeigt, hin zu grünen Fluren, wo Blumen und würzige Kräuter wachsen.«

Selma schüttelte den Kopf und starrte auf einen Punkt an der Decke des Tempels. Ein trauriges Lächeln umspielte ihre Lippen, als sie sagte: »Nein, Geliebter, nein! Der Himmel reichte mir einen Becher mit Essig und Galle. Ich überwand mich und trank, um zu erfahren, ob er bis zum Grund so bitter ist. Jetzt sind nur noch ein paar Tropfen übrig, und auch diese werde ich in Demut trinken. Ich verdiene kein neues Leben in Liebe und Frieden, ich bin nicht stark genug für Freude und Zärtlichkeit, denn ein Vogel mit gebrochenen Schwingen kann sich nicht in den weiten Himmel emporschwingen. Die Augen, die sich an das trübe Licht der Kerze gewöhnt haben, sind zu schwach, um in die Sonne zu blicken. Sprich mir nicht von Glück; die Erinnerung daran versetzt mich in Trauer. Erzähle mir auch nichts über den Frieden; sein Schattenbild erschreckt mich. Sieh mich an, ich zeige dir die heilige Fackel, die der Himmel in der Aschenglut meines Herzens angezündet hat. Du weißt, dass ich dich liebe, wie eine Mutter ihr einziges Kind liebt. Und diese Liebe fordert von mir, dich zu beschützen, sogar vor mir selbst. Es ist eine im Feuer geläuterte Liebe, die mich davon abhält, dir in ein fernes Land zu folgen. Diese Liebe besiegt meine eigenen Wünsche, auf dass du frei und ehrenhaft leben kannst. Selbstsüchtige Liebe strebt danach, den Geliebten zu besitzen, selbstlose Liebe wünscht sich nichts anderes, als zu lieben. In der Einfalt heranwachsender Jugend begnügt sich die Liebe mit dem Besitz und entfaltet sich dann in der Umarmung. Doch die Liebe, die aus dem Schoss der Unendlichkeit kommt und mit den Geheimnissen der Nacht herabsteigt, gibt sich nur mit der Unsterblichkeit zufrieden und neigt sich in Ehrfurcht vor Gott allein. Als mir klar war, dass der Bischof mich daran hindern wollte, das Haus seines Neffen zu verlassen, und mir damit meine einzige Freude rauben würde, stand ich am Fenster meines Zimmers und blickte auf das Meer hinaus. Ich dachte an die Länder, die jenseits davon lagen, und an die Freiheit und persönliche Unabhängigkeit, die man nur dort finden kann. Dabei malte ich mir aus, wie ich mit dir leben würde, umgeben von deinen Gedanken und eingetaucht in das Meer deiner Zuneigung. Doch alle diese Erwägungen, die das Herz einer gedemütigten Frau durchströmen und sie zur Auflehnung gegen alte Überlieferungen und ein Leben auf der Schattenseite von Freiheit und Gerechtigkeit treiben, zeigten mir die Grenzen und die Zerbrechlichkeit unserer Liebe sowie die Unmöglichkeit, vor dem Angesicht der Sonne zu bestehen. Ich weinte wie ein seines Thrones beraubter König und sah plötzlich durch meinen Tränen hindurch dein Gesicht. Eindringlich blicktest du mich an, und da gedachte ich der Worte, die du einst zu mir sprachst: ›*Wir wollen dem*

Sturm trotzen wie zwei starke Türme. Wir wollen standhaft bleiben wie tapfere Soldaten, die vor dem Feind stehen und in seine Waffen schauen. Werden wir getötet, so sterben wir wie Märtyrer; siegen wir, dann leben wir als Helden weiter. Hindernisse zu überwinden und Bedrängnissen mutig zu begegnen, ist ehrenhafter als der Rückzug in sichere Geborgenheit.‹ Diese Worte sprachst du, als die Flügel des Todes über dem Sterbebett meines Vaters kreisten. Ich erinnerte mich gestern daran, als mir die Hoffnungslosigkeit unserer Lage klar geworden war. Deine Worte jedoch verliehen mir Kraft, und sogar in der Finsternis meines Gefängnisses verspürte ich etwas von der königlichen Freiheit, die unsere Bedrängnis erleichtert. Ich begriff, dass unsere Liebe so tief ist wie das Meer, so hoch wie die Sterne und so weit wie das All.

Nun kam ich her, um dich zu sehen, und in meine geschwächte Seele zog eine neue Kraft ein. Diese Kraft ist die Fähigkeit, etwas Bedeutendes zu opfern, um dadurch etwas noch Größeres zu erlangen. Ich opfere mein Glück, damit du in den Augen der Menschen in Ehren bestehen kannst, weit weg von Verleumdung und Verfolgung …

Wenn ich früher hierher ging, fühlte ich mich von schweren Ketten niedergedrückt, heute aber kam ich mit einer Entschlossenheit her, die über meine Fesseln lacht und den Weg verkürzt. Früher betrat ich diesen Tempel wie ein Schatten, heute bin ich eine tapfere Frau, die von der Notwendigkeit ihres Opfers überzeugt ist und den Wert des Leidens erkannt hat; eine Frau, die den einzigen, den sie liebt, von der Engstirnigkeit der Menschen und vor ihrer eigenen hungrigen Seele zu beschützen sucht. Bisher saß ich neben dir wie ein zitternder Schatten, doch heute kam ich, um dir vor Christus und Ischtar mein wahres Wesen zu offenbaren. Ich bin ein Baum, der im Schatten wuchs; jetzt aber strecke ich meine Äste in die Höhe, um sie eine Weile ins Tageslicht zu halten. Geliebter, ich kam hierher, um dir Lebewohl zu sagen, aber es beseelt mich die Hoffnung, dass unser Abschied so außerordentlich und großartig sein wird wie unsere Liebe, so wie das Feuer, welches das Gold zum Schmelzen bringt, damit es dann noch glänzender wird.«

Ich wollte Einwände erheben, aber Selma ließ es nicht zu. Sie sah mich mit leuchtenden Augen an, und ihr Gesicht strahlte ernste Würde aus. In ihrem Schweigen und in ihrer Erhabenheit erschien sie mir wie ein Engel. Aber plötzlich warf sie sich an meine Brust, was sie vorher noch nie getan hatte, schlang die Arme um mich und drückte mir einen langen und leidenschaftlichen Kuss auf die Lippen.

Als die Sonne unterging und ihre Strahlen aus den Gärten zurückzog, trat Selma in die Mitte des Tempels und betrachtete noch einmal eindringlich seine Wände, so als ob sie das Licht ihrer Augen in die Bilder und Symbole hineingießen wollte. Danach ging sie nach vorne und kniete demütig vor dem Bild Christi nieder, küsste die Füße des Gekreuzigten und flüsterte: »Christus, ich habe dein Kreuz erwählt und habe den Freuden und Wonnen der Ischtar entsagt. Ich legte den Lorbeerkranz zur Seite und nahm die Dornenkrone. Ich wusch mich mit Blut und Tränen anstatt mit wohlriechenden Essenzen; und aus einem Kelch, der für Wein und Nektar bestimmt war, trank ich Essig und Galle. O Herr, nimm mich in die Schar deiner Jünger auf und führe mich nach Galiläa, gemeinsam mit denen, die dich erwählt haben, die ihre Leiden auf sich nehmen und an ihrer Trauer Wohlgefallen haben.« Sie erhob sich, sah mich an und sagte: »Ich gehe nun getrost in meine dunkle Höhle mit ihren Angst erregenden Schatten zurück. Bemitleide mich nicht, Geliebter, und sei nicht traurig um meinetwillen. Die Seele, die Gottes Schatten geschaut hat, fürchtet sich nicht vor dem Teufel. Und die Augen, die in den Himmel blicken durften, verschließen sich nicht vor dem Leiden in dieser Welt.«

Während dieser Worte trat sie aus dem Tempel und ließ mich in einem Meer von Gedanken zurück. In einer Vision sah ich Gott auf seinem Thron, während die ihn umringenden Engel die Taten der Menschen aufzeichneten; und die Geister trugen die Tragödie des Lebens vor, indes die seligen Jungfrauen die Lobgesänge der Liebe, der Trauer und der Unendlichkeit anstimmten.

Es war bereits Nacht, als ich aus meiner Entrückung erwachte. Verwirrt lief ich durch die Gärten, wiederholte jedes Wort, das Selma gesprochen hatte, und rief mir ihr Schweigen, ihre Haltung und ihre Bewegungen, ihren Gesichtsausdruck und die Berührung ihrer Hände ins Gedächtnis zurück. Schließlich wurde ich mir der Bedeutung ihres Abschieds und der Qual des Alleinseins bewusst. Verzweiflung ergriff mich und brach mir fast das Herz. Zum ersten Mal wurde mir klar, dass die Menschen, selbst wenn sie in Freiheit geboren werden, Sklaven der von ihren Vorfahren übernommenen strengen Gesetze bleiben und dass das Himmelsgewölbe, das wir uns als unveränderlich vorstellen, nichts anderes ist als die Unterwerfung des Heute unter das Gestern sowie die Zugeständnisse des Morgen an das Heute. Seit jener Nacht habe ich immer wieder über dieses Gesetz, welches bewirkte, dass Selma den Tod dem Leben vorzog, nachgedacht. Oftmals verglich ich den Wert ihres Opfers mit dem Nutzen der Auflehnung, um herauszufinden, was kostbarer ist. Bisher aber hat sich nichts anderes daraus ergeben als die Erkenntnis, dass es die *Aufrichtigkeit* allein ist, die unseren Handlungen Größe und Ehrenhaftigkeit verleiht; und Selma Karamy war die Verkörperung dieser *Aufrichtigkeit*.

Der Retter

Selma war während ihrer bereits fünf Jahre dauernden Ehe kinderlos geblieben. Zwischen ihr und ihrem Gatten wäre ein Kind zu einem Band der Zusammengehörigkeit geworden und hätte ihre gegensätzlichen Seelen verknüpft.

Eine unfruchtbare Frau wird überall geringschätzig behandelt, da es der Wunsch der meisten Männer ist, sich in ihrer Nachkommenschaft zu verewigen. Der auf Erben bedachte Mann betrachtet seine kinderlose Frau als Feindin; er verabscheut sie und wünscht ihr sogar den Tod. Mansour Galib war ein Mann dieser Art: Er war materiell veranlagt, hart wie Stahl und unersättlich wie ein Grab. Sein unerfüllt gebliebener Wunsch nach einem Kind, das seinen Namen tragen würde, brachte ihn so weit, dass er Selma hasste.

Ein Baum, der in einer dunklen Höhle steht, bringt keine Frucht; und Selma, die ihr Dasein im Schatten des Lebens fristete, bekam kein Kind …

Eine Nachtigall baut im Käfig kein Nest, um ihren Jungen die Gefangenschaft zu ersparen … Auch Selma war eine Gefangene, und nach dem Willen des Schicksals sollte sie ihr Leben nicht noch mit anderen Gefangenen teilen müssen.

Die Blumen auf den Wiesen sind die Kinder der Liebe zwischen der Sonne und der Natur; und Blumen sind auch Kinder der Menschen, wenn sie der Liebe und dem Gefühl entspringen. In Selmas schönem Haus in Beirut herrschte jedoch nicht der Geist der Liebe und des zärtlichen Gefühls. Trotzdem flehte sie jede Nacht auf den Knien zu Gott, er möge ihr ein Kind schenken, das ihr Trost und ihre Hoffnung sein würde. Sie flehte so inbrünstig, dass ihre Gebete schließlich erhört wurden.

Der Baum in der Höhle begann zu blühen und Frucht zu tragen. Die Nachtigall im Käfig fing an, aus dem Flaum ihres Federkleids ein Nest zu bauen. Selma reckte ihre gefesselten Hände zum Himmel empor, um Gottes kostbare Gabe zu empfangen, und nichts in der Welt hätte sie glücklicher machen können als die Aussicht auf Mutterschaft …

Sie lebte in gespannter Erwartung, zählte die Tage und sehnte die Stunde herbei, da die süßeste Melodie der Erde, die Stimme ihres Kindes, an ihr Ohr dringen würde …

Es war im April, als Selma auf ihr Schmerzenslager geworfen wurde, und Tod und Leben rangen um sie, Arzt und Hebamme standen bereit, um einem neuen Gast bei seinem Eintritt in die Welt zu helfen … Spät in der Nacht begannen Selmas Schmerzensschreie … Schreie der Loslösung des einen Leben vom anderen, anhaltende Schreie, die ins Nichts drangen … Schreie einer geschwächten Kraft vor der Stille gewaltiger Mächte … Schreie der armen Selma, die in ihrer Verzweiflung zwischen Tod und Leben schwebte.

In der Morgendämmerung schenkte Selma einem Knaben das Leben. Als sie die Augen aufschlug, erblickte sie um sich herum nur fröhliche Gesichter. Bald aber wurde sie gewahr, dass Leben und Tod noch immer an ihrem Lager um sie kämpften. Sie schloss die Augen und sagte zum ersten Mal: »Mein Sohn.« Die Hebamme brachte ihr das Kind, aber der Arzt blickte sorgenvoll auf Selma und schüttelte den Kopf.

Die Dienerschaft beeilte sich, Mansour die freudige Botschaft zu überbringen, doch der Arzt sah weiterhin bedauernd auf Selma und ihr Kind.

Von den Freudenrufen waren die Nachbarn geweckt worden und eilten herbei, um den Vater zu seinem Erben zu beglückwünschen.

Als die Sonne aufging, legte man Selma ihren Sohn an die Brust. Er öffnete zum ersten Mal seine Augen und sah seine Mutter an, aber nach einem kurzen zitternden Seufzer schloss er sie für immer. Der Arzt nahm das Kind aus Selmas Arm, und Tränen liefen über seine Wangen, als er leise zu sich selbst sprach: »Er ist ein Gast, der gleich wieder geht.«

Während die Nachbarn in der großen Halle des Hauses mit dem Vater feierten und auf das Wohl des Erben tranken, starb das Kind. Selma blickte den Arzt an und bat ihn: »Gebt mir mein Kind, ich möchte es umarmen!«

Das Kind war tot, aber das Klingen der Gläser in der Halle wurde immer lauter …

Es kam in der Morgendämmerung auf diese Welt und starb beim Aufgang der Sonne …

Es wurde geboren wie ein Gedanke, verging wie ein Seufzer und verschwand wie ein Schatten.

Es blieb nicht am Leben und konnte seiner Mutter weder Trost noch Beistand sein.

Sein Leben begann mit dem Ende der Nacht und ging mit dem Anfang des Tages zu Ende; es war wie der Tau, der aus den Augen der Dunkelheit tropft und durch die Berührung des Lichts vertrocknet.

Es war wie eine Perle, die von den Gezeiten an die Küste gespült und von den Wogen wieder ins Meer hinausgetragen wurde. Es war wie eine Lilie, die aus der Knospe des Lebens erblühte und unter dem Tritt des Todes verging.

Es war wie ein lieber Gast, dessen Ankunft Selmas Herz erhellte und dessen Fortgang ihre Seele tötete.

Das Leben von Menschen und Völkern, von Sonnen, Monden und Sternen verläuft auf die gleiche Weise.

Selma starrte den Arzt an und schrie: »Gebt mir mein Kind, ich will es umarmen! Gebt mir mein Kind, ich will es stillen!« Der Arzt senkte den Kopf und sagte mit erstickter Stimme: »Fassen Sie sich, Madame! Ihr Kind ist tot!«

Als Selma das hörte, stieß sie einen fürchterlichen Schrei aus. Danach wurde es ganz still, und nach einer Weile lächelte sie. Ihr Gesicht strahlte, als wäre ihr etwas offenbart worden, und gefasst sprach sie: »Gebt mir mein Kind! Bringt es her, und lasst es mich im Tode sehen.« Der Arzt holte das tote Kind und legte es Selma in die Arme. Sie drückte es an die Brust, drehte ihr Gesicht zur Wand und sagte: »Du bist gekommen, um mich zu holen, mein Sohn. Du bist gekommen, um mir den Weg zum Ufer zu zeigen. Hier bin ich, mein Kind! Führe mich, wir wollen diese dunkle Höhle verlassen.«

Bald darauf drangen die Strahlen der Sonne durch die Vorhänge und fielen auf zwei Körper, die leblos auf dem Bett ruhten, bewacht von der unendlichen Würde des Schweigens und beschattet von den Schwingen des Todes. Mit Tränen in den Augen verließ der Arzt den Raum, und als er in die große Halle trat, verwandelte sich das Freudenfest in eine Trauerfeier. Aber Mansour Galib sagte kein Wort und vergoss keine einzige Träne; er verharrte bewegungslos wie eine Statue und hielt sein Glas in der Hand.

Am nächsten Tag wurde Selma in ihr weißes Hochzeitskleid gehüllt und mit ihrem Sohn aufgebahrt. Die Windeln des Kindes waren ein Sterbehemd, die Arme seiner Mutter sein Sarg und ihre stille Brust sein Grab. Die beiden Leichen wurden zusammen in einen Sarg gelegt.

In tiefer Wehmut folgte ich dem Trauerzug, der Selma und ihren Sohn zu ihrer letzten Ruhestätte geleitete. Als der Friedhof erreicht war, begann Bischof Galib mit den Trauergesängen, während die anderen Priester Gebete sprachen; auf ihren düsteren Gesichtern lag ein Ausdruck der Leere und des Unwissens. Während man den Sarg ins Grab senkte, flüsterte einer der Trauergäste: »Zum ersten Mal im Leben habe ich hier zwei Leichen in einem Sarg gesehen.« Ein anderer fügte hinzu: »Es scheint so, als wäre das Kind gekommen, um seine Mutter von einem herzlosen Gatten zu erlösen.« Und ein dritter sagte: »Schaut euch Mansour Galib an. Er starrt in den Himmel, als seien seine Augen aus Glas; aber er sieht nicht aus wie jemand, der an einem Tag Frau und Kind verloren hat.« Dazu meinte ein vierter: »Sein Onkel, der Bischof, wird ihn bald wieder verheiraten; aber dann mit einer Frau, die gesünder ist als diese und noch reicher.«

Der Bischof und die Priester setzten ihre Gesänge und Gebete fort, bis der Totengräber das Grab zugeschaufelt hatte. Danach traten die Trauergäste einer nach dem anderen an den Bischof und seinen Neffen heran und drückten ihnen mit trostreichen Worten ihre Anteilnahme aus. Ich blieb allein an der Seite stehen, aber niemand kam, um mich zu trösten, wo mir Selma und ihr Kind doch alles bedeutet hatten.

Schließlich verließen alle den Friedhof. Nur der Totengräber befand sich noch in der Nähe des neuen Grabes und hielt seine Schaufel in der Hand, als ich zu ihm trat und ihn fragte: »Weißt du noch, wo Farris Karamy begraben wurde?« Er sah mich kurz an, deutete auf Selmas Grab und sagte: »Genau hier. Und heute bestattete ich seine Tochter. Sie ruht über ihm, und auf ihrer Brust das Kind. Mit dieser Schaufel habe ich alle drei mit Erde bedeckt.«

Daraufhin sagte ich: »In dieses Grab hast du auch mein Herz gelegt.«

Nachdem der Totengräber ebenfalls gegangen war, verlor ich meine Fassung, und hemmungslos weinend warf ich mich über Selmas Grab.